光文社文庫

長編時代小説

蒼い月

父子十手捕物日記

鈴木英治

光 文 社

目次

蒼い月　父子十手捕物日記

第一章　柔

一

緑が光に揺れている。

昨夜来の雨はすっかりあがり、吹き渡る風もさわやかだ。町は明るさに包まれている。

おっ。御牧文之介《みまきふみのすけ》は目をみはり、格子窓《こうしまど》にかじりついた。

店の前を行きすぎようとした若い娘の着物の裾《すそ》が風にあおられ、太ももがあらわになったからだ。

娘は恥ずかしそうにうつむき、わずかに残る水たまりを避けて、駆けるようにして道を遠ざかってゆく。

「勇七《ゆうしち》、すっかりいい季節になったな」

見えなくなる最後まで娘の姿を追いかけた文之介は、目の前に座る中間《ちゅうげん》に声をかけた。

「まあ、そうですね」

勇七は格子窓から目を離さず、ぼそりと答えた。

「毎度のことながら、まったく愛想のねえ野郎だな。勇七、今の、見てなかったのか」

「見ましたよ」

「それで」

「それで、ってなんです」

「きれいなおねえちゃんの真っ白な太ももを拝めたんだ。なにか感じるものがあったんじゃねえのか」

「別にありゃしませんよ。旦那《だんな》は子供の頃《ころ》から変わらないな、と思っただけです」

「そうかい。まあ、おめえの場合、お克《かつ》一筋だからな」

その途端、勇七がぴくりと文之介を見た。

「なんだ、餌《えさ》をもらえる犬みたいな顔しやがって」

「行くんですかい、お克さんのところ」

勇七は期待に満ちた瞳をしている。いや、すでにそうと決まったかのように表情はうきうきしている。

文之介は一瞬考えた。

「そうだったな。ここからだと、お克の家は近いな」

勇七がぶるぶる首を振る。

「近いなんてものじゃないですよ。すぐそばです。今にもかぐわしいにおいがしてきそうじゃないですか」

「かぐわしいって、お克がか」

「当たり前じゃないですか」

お克は、日本橋《にほんばし》北の本石町《ほんこくちょう》にある呉服屋青山《あおやま》の一人娘だ。文之介にしてみればかぐわしいという言葉から最もかけ離れている娘だと思うのだが、勇七にとっては天女《てんによ》も同様なのだ。

「そんなに気負っていうほど近くはねえよ」

「じゃあ、行かないんですかい」

「当たり前だ、勇七」

文之介ははねつけた。

「だいたいそういうときじゃねえだろう」

二人がいるのは神田三河町《かんだみかわちょう》三丁目の蕎麦《そば》屋である。文之介の縄張ではないが、張りこみということで出張《でば》ってきているのだ。三河町一丁目や二丁目、神田関口町《せきぐちちょう》、皆川町《みながわちょう》、神田銀町《しろがねちょう》などにも先輩同心が張りこんでいる。

最近、この界隈《かいわい》で商家の者を脅し、金を巻きあげるという被害が相次いでいるのだ。下手人は若く、細身の男、というのがわかっている。

「すみません」

勇七がしょんぼりする。

文之介は腕組みをして、目の前の中間を眺めた。

「そうだな。この張りこみが功を奏してつかまえられたら、行ってみるか」

勇七がぱっと顔をあげる。

「本当ですかい」

「そんなうれしそうな顔見せられちゃあ、むげにはできねえよ。それに、今大きな事件も起きてねえしな」

勇七が見つめてきた。

「旦那、子供の掏摸《すり》の件がまだ残っていますよ」

勇七が口にしたのは、南本所元町《みなみほんじょもとまち》あたりを縄張にしている子供の掏摸のことだ。

「そうだったな。ここしばらくおとなしくしているようだが、あいつらのこともなんとかしなきゃいけねえな」

あるじがしこみをはじめたようで、さほど広くはない店内にだしのにおいが漂《ただよ》いはじめた。次いで醬油《しょうゆ》の香りもしてきた。

本来なら自身番で張りこむべきだろうが、町役人たちの年寄り顔を見ているのもつまらなかった。

自身番は斜向《はすむ》かいに建っている。神君家康《いえやす》公の入国の折りにできた町といわれる古い町だけあって、目の前の通りには呉服屋、油問屋、菓子屋、薬屋、食べ物屋などが軒を連ねている。いずれも名のある老舗《しにせ》ばかりだ。

「勇七、蕎麦切りを頼むか」

勇七が文之介を見る。

「まだできないんじゃないですか」

「できるよ。もう湯もわいているようだし」

「でも、食べてる暇などあるんですか」

「大丈夫だよ。出ねえよ」

「どうしてです。——いや、いわなくてもいいです。どうせ、俺が蕎麦切りを食べてるから、っていうんでしょ」

む。文之介は勇七を見直した。

「どうしてわかるんだ」

「同じこと、なんべんもきいているからですよ」

「ほんとか、それ」

「ええ、何度も同じこと、いってますよ」

「そうか。覚えがねえな。……ふむ、ぼけてきたかな」

「いや、そんなことありませんよ。旦那は大丈夫ですよ」

勇七が自信満々に請け合う。

「おめえのいいてえこと、当ててやろうか。もともとぼけてる、っていいてえんだろ」

勇七がにっこりと笑う。

「さすが旦那ですねえ」

「いってろ、この馬鹿」

文之介は手をあげて小女《こおんな》を呼び、ざる蕎麦を四枚頼んだ。

「えっ、そんなに食べるんですか」

勇七が驚く。

「二枚はおめえのだよ」

満足して蕎麦切りをたいらげ、文之介は先に代を払った。こうしておけば、なにかあってもいつでも店を飛びだせる。

小女が新しい茶を持ってきてくれた。

ありがとう。

二人があたたかな茶を喫してしばしのんびりしていると、血相を変えた男が店の前を通りすぎていった。

自身番に飛びこんでゆく。

「旦那っ」

勇七がすばやく立ちあがる。

ああ、と答えて文之介も横にたたんでおいた黒羽織《くろばおり》に袖《そで》を通した。

「ごちそうさん。また寄らせてもらうぜ」

あるじと小女に告げてから、文之介は外に出た。勇七の先導で自身番に入る。

五人の年老いた男がさっと見る。

「ああ、お役人。今、お呼びしようと」

文之介は、その町役人にうなずきを返しておいてから、土間に一人立つ男を見た。

男は若く、商家の手代のような身なりをしている。

「なにがあった」

「あの、お金を巻きあげられました」

小さな声で恥ずかしげに口にした。

「先ほど集金してきたばかりのお金です。五両あり、巾着にしまっていました。あの、是非取り返していただきたいんです。あの五両がないと店がまずいことになるかもしれないのです」

「場所は。どんな男だった」

その二つの答えを文之介は頭に叩《たた》きこんだ。町役人に向き直る。

「まわりの町の自身番に使いを走らせてくれ。同僚たちが張りこんでいるのは話した通りだ」

わかりました、と町役人が数名の若者を呼び寄せた。

それを見てから文之介は勇七とともに自身番を飛びだした。

文之介は足をとめ、振り向いた。勇七がぶつかりそうになる。

「おい、おめえ」

文之介は、自身番にしょんぼりと立っている手代に声をかけた。

「俺たちが戻ってくるまでそこにいろよ」

はい、という返事を背中できいて、文之介は走りだした。

神田三河町三丁目には稲荷《いなり》がある。手代はその裏で匕首《あいくち》を突きつけられ、巾着を脅し取られたという。

男が今もそこにいるはずがなかったが、まずはそこから足取りをたどるしかない。それに、まだそんなに遠くに行ったとは思えない。

稲荷の裏に着いた。

「おい勇七、どっちへ向かったと思う」

勇七はまわりを見渡した。

今、二人がいるのは三河町新道と呼ばれている、町を南北に突っ切っている通りだ。南へまっすぐ行くと鎌倉河岸《かまくらがし》に出る。

「北じゃないかと」

「どうしてそう思う」

「勘です。でも西はすぐに武家町です。東からはあっしたちが来ました。おそらく行き合ってはいないでしょう。身を隠すなら、やはり人が多いほうじゃないかと」

「よし、ここは勇七の勘にしたがってみるか」

文之介たちは三河町三丁目の木戸を出て、ここまでやってきた。男は鎌倉河岸のほうへ行ったとも思えるが、そちらは道の左手を愛想《あいそ》のない武家屋敷の塀が続いている。人通りは多いが、道の両側を町屋がはさみこんでいる北とはくらべものにならない。

よし、行くぞ。文之介は勇七をうながして北に向かって駆けだした。

走りながら、やせた若者、というのを捜したが見つからない。

「くそ、いねえな」

大きな声でいって文之介は立ちどまり、あたりを見まわした。

「あっ、あいつか」

文之介は指さした。

「どいつです」

「あいつだ。今、ちょうどせんべい屋の角を曲がろうとしている野郎だ。こっちを振り返って急に早足で歩きだしやがった」

「やせてますね」

距離は十間《けん》ほどだ。男の姿は横道に消えていった。

二人は再び走りだした。

「でも旦那、やつがこっちを振り向いたってことは、旦那の声のでかいのがよかったということになりますね」

「そうなるかな。しかし声がでかいのが役に立ったのは、はじめてじゃねえか」

「無駄に思えるものがときに役立つことはありますよ。あっしの投げ縄だって最初は腰にぶら下げているだけでしたけど、だんだんさまになってきましたし」

「さまになっているどころじゃねえよ。今は手練《てだれ》じゃねえか」

文之介は、せんべいが焼けるにおいを胸一杯に吸いこみつつ、角を曲がった。

「やっぱりやつだな」

距離は縮まっていなかった。男は馬のような勢いで走っていたのだ。

「勇七、急げっ」

足をはやめた勇七は文之介の前にいる。すでに腰の捕縄を手にしている。足のはやさは勇七にかなわない。文之介は少しずつおくれはじめた。男の足もかなりはやい。それでも勇七は確実に距離をつめている。男が振り向く。汗が一杯だ。それが四月の陽光のなかに玉のように散ってゆく。

「野郎、待ちやがれっ」

勇七の声が背中に突き刺さったかのように、男はまたも振り返った。顔を苦しげにゆがめている。

せまい路地を右に曲がってゆく。

しめた、と文之介は思った。あの先は確か行きどまりだ。やつにはおそらく土地鑑があるはずだが、追われているうちにあまり知らない場所に入りこんでしまったのだろう。

勇七に五間以上も離されて文之介は角を折れた。

路地の奥行きは十間ほど、突き当たりはどこかの商家の高い塀だ。とても乗り越えられる高さではなく、男は塀に背をくっつけるようにして立っていた。

男の前には勇七。捕縄を手に、腰を低くしている。神妙にしやがれっ。

男が懐に手を差し入れた。つかみだしたのは匕首だ。それが明るい陽射《ひざ》しに照らされて、きらりと光を帯びる。

そのときだった。右手の格子戸がからからと軽い音を立てた。

では失礼いたします。出てきたのは女だった。

あっ、と文之介が思った瞬間、男が女に飛びついていた。匕首を喉元《のどもと》に突きつける。

「お克さん」

勇七が悲痛な声をあげる。

目の前にいるのはお克だった。供の帯吉《おびきち》は、男に押しのけられた弾みで尻餅《しりもち》をついていた。

お克さん。勇七がもう一度呼ぶ。

なにが起きたのか解したお克は青ざめている。

「放せっ」

文之介は叫んだ。

男の目は血走り、こうなったら女ともども、という覚悟すら感じさせる。

ただ、お克があまりに大きいために男は背伸びをしている。男は決して背が低くないが、それでもやや小さく見える。こんなときだが、その姿は少し滑稽《こっけい》に見えた。

「文之介さま……」

お克が小さくつぶやく。目が見ひらかれ、声は震えを帯びている。

「大丈夫だ、お克、心配するな。じっとしていろ」

「――おい、女」

男がぎらついた目で命じた。

「ちょっとかがめ。もう少し低くなれ」

お克がかすかにうなずき、膝《ひざ》を曲げる。

「よし、それでいい」

男があらためてお克の喉元に匕首をさらそうとした。それが少しぶれ、刃先がお克の顎《あご》の下に触れた。

「いやあっ」

悲鳴があがるや、男の体が宙を飛んだ。男は一回転して、まともに向かいの塀にぶち当たった。ばりっと板が裂ける音がし、滑《すべ》るように地面に落ちてゆく。

ごつんと頭が地面を叩く。背中がそれに続いた。両足がだらりとおりてきた。

仰向《あおむ》けて男はぴくりとも動かない。口から泡を噴《ふ》いている。

文之介はびっくりしてお克を見た。勇七も信じられない、という顔だ。

お克はただ呆然《ぼうぜん》としている。自分がしてのけたことがわかっていない。

「お嬢さま、大丈夫ですか」

帯吉がお克のもとに寄る。

その言葉で勇七も気づいたようだ。

「お克さん、怪我《けが》はありませんか」

「ああ、はい、どこにも」

お克が震え声で答える。

「でもお克さん、どうしてここに」

帯吉がお克に代わって枝折戸《しおりど》を示した。

「ええ、こちらで絵を習っておいでなんです」

へえ、お克が絵ね。いったいどんな絵なんだろう。

そんな思いを心に抱きつつ文之介は男に歩み寄った。それにしても、まるで心得があるような強烈な投げだった。

まさか死んじまったんじゃねえだろうな。

「おい、生きてるか」

膝をついて、男の息を確かめる。

いまだにしっかり握り締めている匕首を取りあげ、男の懐《ふところ》から取りだした鞘《さや》におさめる。先ほどの手代のものとおぼしき巾着も、懐にしまわれていた。なかをあらためると、確かに五両あった。

顔をあげ、文之介はもう一度、お克を見た。

帯吉が、大丈夫ですか、ともう一度きいている。お克はうんうん、と首を上下させた。

すごいものだな、と文之介は背中を震わせた。お克に柔の心得があるときいたことはないから、おそらく膂力《りょりょく》以外のなにものでもないのだろう。

目を怒らした勇七がずんずんと進んでくる。男の前に立ち、蹴《け》りつけようとした。

「待て」

文之介はあわてて押しとどめた。

「気持ちはわかるが、やめとけ」

勇七がはっと我に返る。

「あっ、すみませんでした」

ぽんと勇七の肩を叩いてから、文之介は額《ひたい》に浮かんだ汗を手の甲でぬぐった。当分、目を覚ましそうにない男に向かってつぶやく。

「選ぶ相手をまちがえたな」

二

男を奉行所《ぶぎょうしょ》の牢《ろう》にぶちこんだ。

それで今日の仕事は終わったような気がしたが、すっかりのびた日はまだ中天にあり、まだまだ文之介を仕事から解《と》き放ってはくれない。

本来の持ち場である本所、深川《ふかがわ》に向かう。途中、長さ百二十間余ともいわれる永代橋《えいたいばし》を渡りはじめた。

川面《かわも》には多くの船が行きかっている。なにがとれるのか網を曳《ひ》いている漁《いさ》り船のあいだを、猪牙舟《ちょき》が器用にすり抜けてゆく。

大川《おおかわ》を行く船頭の腕は皆、確かだ。むろんぶつかることもあるのだが、滅多に起きはしない。

文之介は橋を歩きながら遠くに目を向けた。

大川沿いには多くの蔵が建ち並んでいる。ほとんどすべてが名のある大店《おおだな》の蔵だ。あの蔵の群れがなくては、江戸の巨大な腹は決して満たされない。

「旦那、なに物思いにふけっているんです」

「ああ、ちっとな」

文之介は言葉を濁した。勇七が賊をふん縛っているときだった。お克がすっと身を寄せてきて、ささやいたことが文之介の心から離れないのだ。

「のびのびになっている食事、いつにいたしましょう」

お克の目は真剣だった。しかもあれだけの手柄を立てた直後だ。文之介はごまかすことなどできなかった。

「じゃあ、今度の非番の日はどうだ」

ついいってしまったのだ。いや、いわざるを得なかったといったほうが正しい。

「しかし勇七、腹、減らねえか」

文之介は話題を変えた。

「そうですね、減りましたねえ」

「蕎麦切りは食ったが、あれだけ走ると、さすがにもたねえな」

「旦那はなにが食べたいんです」

「なんでもいいよ。勇七はなにがいいんだ」

勇七が口にしたのは鰺《あじ》の塩焼きだ。

「いいな、ちょうど旬じゃねえのか」

永代橋を渡り終えた。

「どこかいい店はあるのか」

「そうですねえ……ああ、ありますよ」

勇七が案内したのは、深川加賀町《かがちょう》にある一膳飯屋《いちぜん》だった。

刻限はもう八つ半をすぎている。そのせいか店は空《す》いていた。奥の座敷に行くまでもなく、表に出ている縁台に座ることができた。こちらのほうが風が吹いていて気持ちいい。

さっそくやってきた鰺の塩焼きにかぶりつく。いかにも新鮮な白い身がほっくりと焼きあげられており、ほんの少し醤油をたらして食べると、生きててよかった、と思えるほどうまい。脂《あぶら》がしっかりのっており、噛《か》むと次から次へと旨《うま》みが出てきた。

「勇七、こいつはいいな」

少しは重い気分が晴れる気がする。

「うまいですねえ」

勇七が満足げにいう。

「おめえ、いい店をよく知っているよな。前も鯖《さば》の味噌《みそ》煮がうまい店があったな」

勇七がいぶかしげにする。

「旦那、ここはじめてじゃないですよ」

「ええっ。そんなことねえだろ。俺は来た覚えなんかねえぞ」

「まだそんなに前のことじゃないですよ。あれは冬だったかな」

「だったら、俺はそのときなに食ったんだ」

「さて、なんでしたかねえ」

「鰤《ぶり》の煮つけですよ」

横から声がした。見ると、店の小女が立っていた。目がくりっとしていて、なかなか利発そうな娘だ。

文之介は見つめた。

「おめえ、名はなんていうんだ」

にこりとして小女は答えた。

「お路《みち》ちゃんか。だが、俺と会うのははじめてだろう。俺はおめえみてえなきれいな娘、一度見たら忘れんからな」

お路という娘がありがとうございます、とばかりに笑う。

「私、やせたんです」

「えっ、そうなのか」

文之介は頭のなかに、太っているお路の姿を思い浮かべようとした。しかし脳裏《のうり》にはなにも描きだされない。

「そうか、お路ちゃんが覚えているってことは、本当に来てたんだな」

「しかし旦那」

勇七が危ぶむ目をしている。

「本当にぼけはじめたんじゃないですか」

「俺も本気で案じてる」

それからしばらく町をめぐり歩いた。町は平穏を保っており、なにも異常がないことが確かめられた。

両国橋《りょうごくばし》近くの南本所元町まで足をのばし、子供たちの掏摸のことをあまり目立たないように調べてみた。だが、なにも得られなかった。

南本所元町をあとにする頃には、日が暮れかけていた。橙《だいだい》に色を変えた巨大な太陽が西の空に沈もうとしている。連なる町屋の屋根は、見渡す限り焼けたようになっていた。

「勇七、この分だと明日もいい天気みたいだな」

「ありがたいですよね。雨のなか、町をまわるよりずっといいですから」

「そうだな。道がすぐどろどろになっちまって、往生するものな」

奉行所に戻る。奉行所内の中間長屋に住んでいる勇七と表門のところでわかれた。詰所で日誌をしたため、文之介は帰路についた。

道を一人で歩いていると、またお克のことが脳裏に浮かんできた。

どうしてあんな約束しちまったのかな。

勇七に告げていないのも心の重さを増している。明日、ちゃんというか。文之介はそう決断して足をはやめた。

「お帰りなさい」

居間にお春《はる》がいた。父の丈右衛門《たけえもん》の肩をもんでいる。

お春は、三増《みます》屋という醬油と味噌を扱っている大店の一人娘だ。

「おう、お帰り」

丈右衛門も声をかけてきた。ただいま戻りました。父にしっかりと挨拶《あいさつ》する。

「飯は食べたか」

「いえ、まだです」

お春が肩もみをやめ、立ちあがった。

「ちょっと待っててね」

台所のほうへ行く。すぐに膳を持って戻ってきた。

「はい、どうぞ」

正座して櫃《ひつ》から茶碗《ちゃわん》に飯を盛る。

「あれ、給仕してくれるのか」

「たまにはいいでしょ」

文之介も膳の前に正座した。

「珍しいな。なにかいいことでも」

「別に。いいことがないと、私がこういうことをしないと思ってるの」

「そういうわけじゃないが」

お春がじっと見ている。

「ねえ、なにかあったの」

「いや、なにも」

文之介は小さく首を振った。

「嘘《うそ》、なにか隠しているでしょう。顔が曇っているわよ。いやなことでもあったんじゃないの。正直におっしゃい」

いえるわけがなかった。以前とは異なり、お春の気持ちが自分に近づいてきている感じがある。もしお克と食事に行く、などといったら、またもとに戻ってしまいかねない。

文之介は膳をのぞきこんだ。

たくあんに豆腐の吸い物、わかめの和《あ》え物に海苔《のり》、というものだ。

うまそうだな。唾《つば》がわいた。

文之介はまず海苔に箸《はし》をのばし、醬油をつけた。海苔は磯の香りが濃く、醬油と実に合う。あたたかなご飯とも相性がいい。まずこれで一膳。次にわかめの和え物だ。酢がきいていて、これも醬油をかけて食べると実に美味だ。

結局、文之介は四杯ご飯を食べた。五杯目をもらおうとしたところで、お春の怖い目にぶつかった。

「寝る前なんだから、もうやめたら」

「いや、あんまりうまいんでさ」

「たくさん食べてくれるのはうれしいけど、やっぱりもうやめといたほうがいいわ」

「お春がそういうんならそうしよう」

文之介は素直に引き下がった。別に櫃が空《から》になったわけではない。夜、腹が空いたらまた食べればいい。

茶を一杯だけ飲み、お春を三増屋まで送りに出た。

「ねえ、なにを隠しているのよ」

うしろからお春が声をかけてくる。

文之介は提灯《ちょうちん》を振り向けた。

「なにも隠してねえよ」

「嘘おっしゃい。その顔はまちがいなく隠している顔よ」

「俺がどんな顔、してるっていうんだ」

「なにか悩みごとがあるとき、文之介さん、眉間《みけん》に小さくしわが寄るのよ」

文之介はそっとさわってみた。よくわからない。

「でもお春、いっちまったら次からはもうつかえねえじゃねえか」

お春がくすりと笑う。

「つかえるわよ。そこにしわが寄るのがわかっていても、文之介さん、できなくするなんてできないでしょ。――ねえ、なに悩んでるのよ」

お春が近寄ってきた。生あたたかな風にのり、娘らしいにおいがしてくる。どこから か盛りのついた猫の声が届く。

お春が見つめている。瞳がきらきらしていて、とてもきれいだ。思わず抱き締めたくなる。下腹がたぎってきた。

まずい。文之介は身をひるがえした。

「どうしたのよ、急に」

「まあ、いろいろあるんだ、男には。――ああ、そうだ。お春」

文之介は前を向いたまま呼びかけた。

「最近、親父の様子はどうだ」

「おじさまのこと。どうってなに」

「いや、なにかおかしな様子はないか」

「別にないわよ。一緒に暮らしてるんだから、私より文之介さんのほうが詳しいでしょ」

「それがそうでもねえんだ。一緒に飯を食うことなどねえし、顔を合わせても挨拶くらいでほとんど口、きかねえし」

「そうなんだ。そういえば、おとっつあんと栄一郎《えいいちろう》も最近、あまり口きかないなあ」

栄一郎というのは、お春の弟だ。三増屋の大事な跡取りで、確かお春より二つ下だから十六のはずだ。

「そうだろ。父親とせがれなんてそんなもんなんだよ。ところでお春、親父がお知佳《ちか》さんのことを口にしたことはねえか」

お知佳というのは、父丈右衛門が惚《ほ》れていると文之介がにらんでいる女だ。いや、まちがいなく二人は想い合っている。前は人の女房だったが、ある事情があって今、お知佳は独り身だ。お勢《せい》というまだ乳飲み子と一緒に、深川島田町《しまだちょう》の裏店に住んでいる。

「知らないわ。きいたこともないもの」

「気にならねえのか」

「ならないわよ」

文之介は顔だけ振り向かせ、にっと笑った。

「なによ、その顔」

「嘘ついてるな」

「ついてないわよ」

「それがわかるんだよ。お春は嘘をつくとき、鼻の穴がふくらむんだよ」

「嘘よ」

「嘘じゃねえよ」

「でもいっちゃったらもうつかえないわよ」

醤油と味噌の入りまじったにおいが鼻先をかすめてゆく。三増屋がすぐそばに迫っていた。

文之介は立ちどまった。

「つかえるさ。お春もそう器用なほうじゃねえからな」

三

朝日が真正面から照らしてくる。

そのまぶしさにやられたわけでなく、文之介はよたよた歩いていた。

「旦那、どうしたんです。どうしてそんな歩き方なんです」

うしろから勇七が心配そうにいってくる。

「ちょっと昨日の夜、食いすぎたみてえでな。体が重いんだよ」

「夜、食べすぎるのはよくないみたいですからねえ」

「本当にそうだな。勇七も気をつけたほうがいい。いくらまだ食べてえっていっても、寝るすぐ前に食うのは本当によくねえ」

「寝るすぐ前ですかい。夕餉《ゆうげ》のことじゃないんですか」

文之介は話した。

「なるほど、お春ちゃんを送っていったあと、また食べたってわけですか。どのくらい食べたんです」

それも文之介は語った。

「ええっ、茶碗に四杯。お櫃を空にしたっていうのは食べすぎですよ」

「ああ、もう二度としねえ」

「それがいいですよ。ところで旦那、腹のほかにも調子が悪いんですか」

「いや。どうしてだ」

「さっきからあっしの顔を見ようとしないからですよ」

文之介は、昨夜の決断を思い起こした。幼い頃からつき合ってきている勇七の目をごまかすことはできない。それにこんな思いで仕事をするのは願い下げだ。

文之介は振り向いた。

「どうしたんですかい。そんなにまじめな顔をして」

文之介はお克との約束のことを一気に語った。

風にさらわれたように一瞬で笑みを消し、勇七が眉《まゆ》を曇らせる。

「そんな約束をしたんですかい」

「断れなかったんだ」

「いえ、断る必要などないんですけど」

勇七が文之介を射抜《いぬ》くような目で見た。

「なんだ、ずいぶん怖え顔するじゃねえか」

「手はだしませんよね」

「当たり前だ」

「お酒を飲むんですよね」

文之介はにらみつけた。

「勇七、ぶん殴るぞ。いくら酔ったからって俺がお克に手をだすわけねえだろうが」

「それは、自分を甘く見すぎじゃないですかい」

「俺はお春がいいんだよ。お克は眼中にねえんだ」

「でも酔ったらわからないですよ」

「だったら飲まなきゃいいんだな」

文之介がいうと、勇七が顔を輝かせた。

「そうしてもらえると、ありがたいですね」

「わかったよ。酒は一切口にしねえ。それでいいな。――しかし勇七、俺はそんなに信用がねえのか」

「信用がないってことはないんですが、まあ、念のためですよ」

「念のため、か」

ため息をついて文之介は道の先を眺めた。

「勇七、まだ先か」

「石原新町《いしわらしんちょう》ですから、あと一町ほどですよ」

勇七の言葉通りだった。木戸のところで、町役人が五名、顔をそろえて待っていた。

「すまねえな。待たせた」

「いえ、はやばやとおいでいただき、ありがとうございます」

年かさの町役人がいう。

文之介と勇七は町役人たちに案内してもらい、道を進んだ。

「こちらです」

町役人が頭上の扁額《へんがく》を示す。そこには黒々とした書体で『糸井屋《いとい》』と記されていた。

長年の風雪を経て、由緒ある神社のご神体にも似た厳《おごそ》かさが感じられる。

「ここか、盗《ぬす》っ人《と》に入られたってえ店は」

糸井屋は瀬戸物屋だ。商いがさほど大きいとはいえそうにない店構えだが、いかにも老舗といった雰囲気が建物からにじみ出ている。

店はひらいている。暖簾《のれん》はかかっていない。

店先に、一目で番頭と手代とわかる者が待っていた。

「ここまででいいよ。ご苦労だった」

町役人たちを引き取らせた。

「ご苦労さまです」

糸井屋の二人がそろって頭を下げる。

「災難だったな」

二人に声をかけてから、文之介と勇七は店内に足を踏み入れた。

まわりには瀬戸物がところせましと並べられている。その数の多さと種類の多彩さに、文之介は圧倒される思いだった。

「ご足労、ありがとうございます」

二人があらためて頭を下げる。

うなずいて文之介は瞳を動かした。

「あるじは」

番頭がまつげを伏せる。

「申しわけございません。ただいま病で床に臥《ふ》せっております」

「重いのか」

番頭がわずかにいいにくそうにする。

「は、はい」

「なんの病だ」

「は、はい。肺の病です」

「労咳《ろうがい》か」

「いえ……」

言葉を濁した。

「深くきかねえほうがいいみてえだな」

「いえ、そのようなことはございません。――お医者さまによりますと、肺になにかが巣くっているそうでして」

文之介は顔をしかめた。うしろで勇七も同じ表情をしているのが感じ取れた。

「なにかが巣くっているか。そりゃたいへんだな。あるじの名はなんと」

達吉《たつきち》、とのことだ。

二人が気づいたように続けざまに名乗った。番頭が石蔵《いわぞう》、手代が沖助《おきすけ》といった。

「それで、いくら盗まれたんだ」

「はい、三十両です。明日の支払いのために用意しておいたお金です」

ということは、と文之介は思った。店の事情に詳しい者の犯行ではないか。

「三十両か。痛いな。これで立ちゆかなくなるようなことはあるのか」

番頭と手代が同時に首を振った。

「手前味噌になりますが、うちは老舗でございまして、三十両程度でそのようなことはございません。もちろん、痛いことはたいそう痛うございますが」

「なんとかなるのか」

石蔵の瞳が小ずるそうに光る。

「はい、なんとかいたします」

文之介は番頭の顔を興味深く見つめた。

「どうする気だ」

「とりあえず金策に走ります」

「当てがある顔だな」

またも小ずるそうな光が瞳を走っていった。

「はい、ございます」

なんだ、この番頭は、と文之介は思った。そっと振り返り、勇七を見た。

勇七もむろん口にこそださないが、怪しい、と顔が語っていた。

文之介は顔を戻した。

「まずはどこから賊が入りこんだのか、そいつを見てえな」

「はい、こちらでございます」

文之介たちは石蔵に導かれるまま店の裏のほうへまわった。

調べるまでもなかった。台所脇の木の壁が、一尺四方ほど切り取られていた。

「珍しい手口だな」

文之介は地面に落ちている木くずを指でつまんだ。

「鋸《のこぎり》で切りやがった」

　顔を石蔵と沖助に向ける。

「気がつかなかったのか」

「ええ、まったく。すみませんです」

　二人は声をそろえた。

「おめえら二人は住みこみなんだな。あと、ほかに住んでいる者は」

「丁稚《でっち》と、あるじの世話をしている女中がおります。その二人も気がつかなかったそうです」

「あるじに女房は」

「おりません。五年前に病で」

「世話をしている女中だが、妾《めかけ》なのか」

「いえ、ちがいます」

「丁稚と女中はどこにいる」

　石蔵が横へ目をやった。

「そちらに」

　男の子と女が井戸のところに立っていた。丁稚は背が高く、ずいぶんと大人びて見えた。女中は年増《としま》だが、それでも三十をいくつも出ていないだろう。すらりとした立ち姿がけっこう美しく見える。

二人とも盗っ人に入られたということで、かすかに青ざめている。一応、話をきいたが、石蔵と沖助と一緒で、なにもきいていなかった。

「あるじに会えるか」

文之介がきくと、番頭と手代は顔を見合わせた。

「長くかかりましょうか」

石蔵が案じ顔で文之介にたずねる。

「手ばやく終わらせる」

石蔵の案内で文之介と勇七は奥に足を踏み入れた。

あるじの達吉は、日当たりのいい南向きの部屋に寝ていた。

文之介を認め、あわてて起きあがろうとする。

「病人に無理をさせるつもりはねえんだ。横になっていてくれ」

「よろしいんですか」

しわがれ声できく。

「本当に横になったままでいい」

ありがとうございます、と達吉が礼を述べ、ほっとしたように枕に頭を預けた。

「番頭、おめえさんはちょっと下がっていてくれ」

文之介がいうと、石蔵が達吉を見た。達吉がうなずいてみせると、しぶしぶ部屋を出ていった。

「勇七」

文之介は、きき耳を立てられないよう廊下にいてくれるように無言で頼んだ。

意図を理解した勇七は一礼し、すっと立ちあがった。部屋を出る。障子が静かに閉じられた。

文之介は糸井屋のあるじを見つめた。

けっこうな年寄りだ。額に三本の太いしわが寄っている。それだけでなく無数のしわがあった。顔はどす黒く、布団から出た両腕は枯木のようにやせている。

ただし瞳の光は決して弱くない。寿命を迎えるにはまだだいぶ間がありそうだ。

「どうだ、具合は」

「今日はだいぶいいですね。といいたいところですが、こんなことになっちまっては、そうもいえません」

声には、まだかすかながらもつやがあり、そんなに苦しそうではない。

文之介の祖父がそうだったのだが、死ぬ直前は、声をだすのですら億劫《おっくう》そうだった。

やはり達吉は、まだ死期を迎えているわけではない。

そのことに、初対面ながら文之介は安堵《あんど》した。

「旦那は、お名はなんておっしゃるんですかい」

「まだいってなかったな」

すぐさま文之介は名乗った。

「御牧さま。──御牧丈右衛門さまのご子息ですか」

「親父を知っているのか」

「ええ。いえ、手前がじかにお世話になったことはないんですが、立派なお方と評判でしたから」

「立派なお方か……」

「重いですか、やはり」

達吉は微笑している。文之介も引きこまれるように笑った。

「まあな。出来のいい親父を持つと、出来の悪いせがれはけっこうきついものがある」

「旦那が出来がお悪いなんてことはございませんでしょう。お世辞ではございませんよ」

「そうかな。そうだったらうれしいんだが」

達吉は柔和にほほえんでいたが、すぐに表情を厳しいものにした。

「盗みに入られたのははじめてなんです。手前が継いでから、という意味ではございませんよ。この店はもう百十年ほどの歴史があるのに、盗っ人に入られたのはこたびがはじめてなんです。ずっと守り続けてきたのに、手前の代でけがしてしまいました」

「けがす、というようなことではあるまい。盗っ人は店を選ばん」

達吉が枕の上で静かにかぶりを振る。

「いえ、旦那、盗っ人は選ぶんですよ。この店が入られたのは、そういう隙《すき》があったからです。盗っ人にはありありと見えたんでしょう」

いかにも悔しげに口にした。

なるほど、そういうものかもしれんな、と文之介は思った。

「ところで、あるじ」

文之介は声をひそめた。

「石蔵と沖助だが、信用できる者か」

達吉が目をみはる。

「むろんです。旦那、なにかあの二人にお気がさわることとでも」

「正直にいうぞ。目つきが気に入らなかった。ただそれだけだ」

達吉がふっと息を吐く。

「二人とも家つきの者、といっていい者です。子供の頃からこの家ですごしています。お武家でいうところの、忠誠心というのはとても強いと思います」

「では主家に対し、なにか企《たくら》むなどということはないのだな」

「はい。断言できます」

達吉は力強くいいきった。

となると、あの石蔵の小ずるそうな瞳の色はなんなのか。

文之介はあらためて、布団に横たわる老人を見た。

往年の迫力はもう消え失《う》せているのだろう。それで店のたががゆるみ、そこを盗っ人に見透かされた。

それだけだろうか。どうしても文之介はあの二人に対する疑念が消えない。主人の病をいいことに、裏でなにかしているのではないか。

必ず下手人をとらえ、金を取り戻すことを明言して文之介は席を立った。達吉はまた起きあがろうとした。

「見送りはいいよ。寝ていてくれ」

文之介は廊下に出て、障子を閉めた。

勇七が寄ってきた。

「誰も近づきませんでした」

「そうか。——よし勇七、いったん番所に戻るぞ」

まずは奉行所で調べ物がしたかった。

その途中、歩きながら文之介は目を感じた。

なんだ。どこから発されている。

やわらかな眼差《まなざ》しだ。殺気はまるで感じられない。

なにげなく振り向いたが、こちらを見ている者など目に入らなかった。

「どうかしたんですかい」

勇七にきかれ、振り返るなよ、と釘《くぎ》を刺しておいてから文之介は告げた。

勇七は驚いた顔をしたが、すぐに平静なものに戻した。

「さっきの二人とは考えられませんか」

文之介は首をひねった。

「眼差しの質がちがうというのかな、あの二人ならもっと粘っこそうな気がするんだが」

「害意は感じないんですね」

「ああ」

「今も感じるんですかい」

「いや、もう消えた」

文之介はもう一度振り返った。

「気にせんことにしよう。いや、待てよ」

文之介は顎をなでさすった。

「旦那、なににやついているんです」

「いや、もしかしたら俺に気がある娘っ子が見つめていたのかもしれねえじゃねえか」

「考えられますね」

勇七があっさり認める。

「ほう、勇七、おめえもそう思うか」

「ええ、あっしは前から申しているように、旦那の顔はご隠居にそっくりだと思っています。ですから、おなごに騒がれるのも不思議はないと思いますよ」

文之介はしぶい表情になった。

「だから俺の顔はあんなにでかくねえって」

「ですから、顔の大きさではなくて造作ですよ。一つ一つはほんとよく似てますよ」

文之介は丈右衛門の顔を思い浮かべた。いい男だとは思うが、あまりうれしさはない。

奉行所に戻った。

奉行所内の書庫で、文之介は勇七に手伝わせてここ最近、壁を切り破るという手口の盗賊が跳梁《ちょうりょう》していないか調べてみた。

しかし、そんな被害はまったくなかった。ここ十年以内にさかのぼって調べてもみたが、やはり同じことだった。

「どういうことだ」

文之介は独り言を漏らすようにいった。

「あの二人の狂言では」

書庫内には文之介と二人しかいないが、勇七が声をひそめた。

「だから、忍びこまれたのに誰も気がつかなかった、か」

しかし文之介には、あの聡明《そうめい》そうなあるじ達吉が、石蔵と沖助に厚い信頼を寄せているのを無視することはできない。

ただ、どうしても気になるのは石蔵のあの小ずるそうな瞳だ。やはり裏でなにかしているのではないのか。

よし、まずはそれを解き明かそう、と文之介は決意した。

四

昨日はあれだけきれいな夕焼けだったのに、今日は朝から曇っていた。

厚い雲が江戸の空を覆い、春先に季節が戻ったのではないかと思えるような肌寒い風が吹き渡っている。

昨日はかしましく飛びかっていた小鳥たちもこの急な寒さにおののいたかのように巣に閉じこもっている様子で、それに合わせたかのように人通りも少ない。

文之介と勇七のまわりには、奇妙な静寂がおりてきている。

「それで旦那、どこへ行こうとしているんです」

勇七がきいてきた。

「あれ、番所を出るときいってなかったか。どこだと思う」

文之介は右手に仙台堀《せんだいぼり》を見つつ、東へ向かって歩いている。今いるのは、深川西平野《にしひらの》町《ちょう》だ。寒々とした風に舞いあげられるように、水面《みなも》が波立っている。かもめらしい鳥が二羽、風に逆らうように飛んでいた。

「この道ですと、あのうどん屋の親父のところですか」

「さすがだな」

「朝飯、食わなかったんですかい」

「食ったよ。別にうどんを食いに行くわけじゃねえよ」

「ああ、話をききにですね」

「そうだ。糸井屋のことと昨日の石蔵と沖助のことをきくつもりだ。裏街道のことならあの親父《おやじ》、なんでも知っているように思える」

「確かにそうですねえ」

感じ入ったように勇七が同意する。

「あの店主、正体はなんなんでしょうねえ」

「わからねえが、正体なんかどうでもいいんじゃねえのか。わかって、なんだ、と落胆するよりわからねえままのがいい」

ふと、背後から子供たちの騒ぎ声がきこえてきた。なんだ。文之介は振り返った。

道のまんなかで、子供をおぶった女の子を数名の男の子が取り囲んでいた。

「おまえ、どこの子だよ」

一人の男の子がきいている。

女の子は答えない。口をぐっと引き結んでいる。なかなか気が強そうだ。やや上を向いた鼻がどこかお春に似ていた。

「どこから来たってきいてんだよ」

別の男の子がすごむ。

「とっとと答えろ」

女の子の身なりはみすぼらしい。男の子たちも裏店の子だろうからいいとはとてもいえないが、それ以上だ。

「おめえみてえに汚いのが、おいらたちの町に入ってくるんじゃねえよ」

「旦那」

勇七が文之介を見る。顔を怒らせていた。

「ああ、わかっているよ」

文之介は大股に歩み寄った。

「おい、おめえら」

声をかけると、男の子たちがぎょっとして振り向いた。

「男がそんなつまらねえことをいうな。そんなことといっていると、心が汚くなっちまうぞ。それにこの女の子、確かに着ているものはあまりよくねえかもしれねえが、見ろ、顔はすごくきれいだぞ」

男の子があらためて女の子を見る。驚いたように目をみはる。

「だろ。長じたらとんでもない美形になるぞ。そのときちやほやしたってもうおそい。唾をつけるなら――」

「旦那、ちがう言葉にしましょうや」

文之介は勇七を振り返った。

「ああ、そうだな。――とにかくやさしくしとくんなら、今のうちだぞ」

男の子たちは押し黙っている。

「おめえらまだ子供だから知らねえだろうけどな、かわいいおねえちゃんと知り合えるっていうのは、そうそうあることじゃねえぞ。この江戸はとにかく男が多いからな、娘っ子なんてのはかわいい順に売れちまうんだ。この俺だって今好きな娘がいるんだが、これがなかなか気の強い女でな、あまりうまくいかねえんだ――」

「ちょっと旦那、なにいってんです」

文之介は自らの頭を殴りつけて口を閉ざした。女の子がおかしそうにしている。それを見た男の子たちもわずかに表情をゆるめた。

「おめえ、名はなんというんだ」

咳払《せきばら》いをして文之介は女の子にきいた。

女の子は表情をもとに戻している。なにも答えない。おぶわれている子供はこの騒ぎのなか、身を丸くしてぐっすりと寝ている。

「俺にも教えたくねえか」

文之介は苦笑いした。

「とにかく、この子らはもうなにもいわねえ。どこへ行くのか知らねえが、はやいとこ行きな」

ありがとうございました。女の子は口の形をつくって一礼し、道を去ってゆく。

「ほれ、おめえたちも帰れ。二度とあんなつまらねえことというんじゃねえぞ。今度見たら、番所に引っぱってくからな」

男の子たちは神妙な顔でうなずき、とぼとぼと歩いていった。

「よし勇七、行くか」

うどん屋のある路地に入った。だしのにおいがしてくる。

「いいにおいだな。食い気をそそられるぜ」

「食べる気ですか」

「おめえだって食いたそうな顔、してるじゃねえか」

暖簾が出ている。文之介はそれを払い、戸をひらいた。

「いらっしゃいませ」

湯気で一杯の厨房《ちゅうぼう》から声だけが飛びだしてきた。ねじり鉢巻をした顔がぬっと突きだされる。

いつもながら小柄な親父だが、それよりも大きく見える。

「冷たいのを二つ、頼む」

「ありがとうございます」

文之介たちは誰もいない座敷の隅のほうに座りこんだ。

親父が厨房から首をのばす。

「そんなところじゃなく、まんなかに座っていただいてけっこうですよ」

「いや、ほかの客が来たら悪いからな」

「そうですかい。こんな店なのに、お気をつかわせちまってすまんですねえ」

「こんな店ってことはないぞ。俺はうどんに限っては江戸一だと思っている」

勇七も深くうなずいた。

「ありがとうございます。でも江戸一ってことはございませんよ。この広い江戸ですから、ここよりうまい店なんて、いくらでもあります。あっしはそう思うことで、日々、精進を重ねてるんですけどね」

「いい心がけだな。そういう店ばかりだと、俺たちはとても助かるんだが」

「やはり外で召しあがることが多いんですか」

「昼餉《ひるげ》だけだが」

「でも、まだ昼餉という刻限じゃありませんよ。五つ半といった頃合ですか。なにかお話があるんじゃないんですかい」

「鋭いな。だが、話はうどんをもらってからにするよ」

お待ちどおさまでした。親父がお盆にのせて、丼に入った二つのうどんを持ってきた。二人の前に置かれる。

「どうぞ、ごゆっくりお召しあがりください。と申しても、うどんは次から次へすすりあげるのがおいしいんですけどね」

文之介はさっそく箸をつかいはじめた。勇七もいただきます、といって食べだした。

刻《きざ》み葱《ねぎ》と大根おろしがたっぷりとのり、鰹節《かつおぶし》がかけられたうどんはやはり美味だ。

最高だな。文之介はつぶやいた。

勇七を見やる。勇七はなにもいわないが、頬《ほお》がゆるんでいる。この男が食べ物でこんな顔をすることは滅多にない。

「うまかったあ」

食べ終わると同時に文之介は、ふあー、と息を吐きだした。勇七が箸を置く。穏やかな笑みを浮かべている。

「ご満足いただけましたか」

親父が笑顔できく。

「この顔、見りゃわかるだろ」

文之介は勇七の顔を指さした。

「ところで、親父はこの店、ずっと一人でやっているのか」

「ええ、そうですよ」

「人は入れねえのか。忙しさでてんてこ舞いになることもあるだろう」

「確かにありますがね、今のところは一人のほうが気楽なんで。雇い入れる気がねえこともねえんですけど、旦那、誰かいい人を紹介してくれますかい」

「女がいいのか」

「男でも女でも、できれば気がきく人がいいんですがね。あっしがそういうたちじゃねえもんで」

「親父は気がきくほうだと思うがな」

考えておこう、と文之介はいった。親父が丼を下げに来た。

「なあ、親父。俺もうどん、打てるかな」

「ちょっと旦那、なにをいっているんです」

勇七がとめに入る。いいですよ、と親父が目をなごませる。

「打てますよ。やってみますかい」

「本当にいいのか」

「ええ、まだこむような刻限でもありませんし、今日の分はもう打ち終わっていますから」

そうか、ありがてえ。文之介は立ちあがり、厨房に立った。親父にいわれ、しっかりと手を洗う。

「これはこね鉢といいます」

親父が台の上に置かれた鉢を指す。差し渡し二尺近い大きな鉢だ。なかは赤色、外は黒色だ。両面に漆《うるし》が塗られているらしく、つややかな光沢がある。

そこに親父がうどん粉を入れた。一気に水を注《そそ》ぐ。

「これは塩水です。水に対して一割近く塩を入れますから、かなりしょっぱいですよ。

このくらい濃くしないと、いいうどんはできないですね」

あるじが文之介を見た。

「こねてみてください」

「気をつけなきゃいけねえことは」

「はなはこねるんじゃなく、指でかくようにしてください。それから団子ほどのかたまりをつくってゆきます。それがうまくかたまるんなら水の量がちょうどいい証《あかし》です。かたまらないなら、水をほんの少しずつ加えていってください」

文之介はいわれた通りにした。

「その団子たちを一つのかたまりにします。力をこめてこねてください」

ぎゅっぎゅっと腕に力を入れているうち、額に汗が浮かんできた。それを親父が手ぬぐいでふいてくれる。

「おもしろいな」

「なかなか筋がよろしいですね」

親父はほめてくれた。

「そのなんにでも一所懸命になれる姿勢は天分なんでしょう。きっと剣の筋もよろしいんでしょうね」

「そんなにほめるな。照れるぜ」

勇七がおかしそうに笑う。

「旦那がほめられて照れるんですかい」

「もともと照れ屋なんだよ」

「そうでしたか。長いこと一緒にいますけど、ついぞ気がつきませんでしたよ」

「そんなことといってると、このうどん、食わせてやらねえぞ」

「けっこうです。あっしはもう腹一杯ですから」

やがて手ざわりが餅のようにのびる感じになってきた。

「これでどうかな」

できあがったかたまりを親父に見てもらう。

「ふむ、まああですかね」

こね鉢から取りだしたかたまりを親父はふきんの上に置き、包みこんだ。

「四半刻《しはんとき》ほど寝かせなきゃなりません。そのあいだにお話をうかがいましょうか」

文之介は、糸井屋の件を話した。

「糸井屋さんですか。老舗ですから存じてますが、そんな手口をつかう盗賊については心当たりはございませんねえ」

親父は眉根にしわを寄せていった。

「そうか。番頭と手代についてはどう思う」

「旦那のお話をうかがう限りでは、なにかしているのはまちがいないでしょうけど、それ以上のことはわかりませんね」

親父が首をひねる。

「あの店は、見こみのある者には必ずといっていいほど暖簾わけをしてくれるんですよ。暖簾わけされた店の誰もが糸井屋さんには感謝しているはずです。今の番頭さんと手代さんも、いずれ独り立ちできるでしょう。きっと同じ気持ちなんじゃないかと思いますよ」

「見こみがある者だけなんだな」

「そうですけど、あるじの達吉さんは二人を忠誠心がある、と評したんですよね。ですので、二人が店に対してなにかしているというのは、あっしはちがう気がしてなりませんねえ」

そうか、と文之介はいった。勇七は納得した顔ではない。

「しかし親父、詳しいな。いったい前はなにをしていたんだ」

興味がふくれあがり、文之介はききだしたくなってしまった。

「あっしがなにをしていたかなんて、どうでもいいじゃありませんか」

親父が笑顔でいう。

「ま、そうだな。謎は謎で残しておいたほうがいいか。――一つ頼みがある。盗っ人に詳しい者を知らんか」

困ったなあ、といいたげな顔を親父はつくった。仕方ないか、とつぶやき、親父は一人の男を紹介してくれた。

文之介は名と住みかを頭に刻みこむようにした。

親父がうどん粉のかたまりを包んだふきんをひらいた。

「もういいですかね。ここからはあっしがやりますから」

じっとうどんの様子を見る。一つうなずき、またふきんで包んだ。それをちがうふきんでさらに包みこみ、土間の上の一枚板に置いた。

力をこめて両足で踏みつける。

「憎い相手の顔を思い浮かべると、さらに力が入りますよ」

しばらく踏み続けていた。

「このくらいでいいでしょう」

ふきんからは、小さめの丸い座布団のようなものがあらわれた。

それを台の上にのせる。棒に巻きつけ、薄くのばしてゆく。見とれる手際だ。

風呂敷ほどの大きさになったところで、今度は包丁をつかって切りはじめた。見事に同じ太さに切ってゆく。

わいた鍋《なべ》に切りそろえたうどんを放りこむ。

透明さがわかるようになったところで、親父がうどんを取りあげ、水にさらした。手ばやく丼に入れると、だしをぶっかけ、刻み葱と大根おろし、鰹節をのせて文之介に差しだしてきた。文之介は受けとり、さっそく食べた。

文之介は首をかしげた。

「うめえことはうめえが、やっぱり親父のつくったのとはちがうな」

勇七もおそるおそる食べた。

「なんか腰がちがうんですかね。なめらかさにも欠けますね。歯応えも悪すぎますよ」

「だったら、次はおめえがやってみろ」

「あっしはけっこうですよ。——旦那、もうそろそろ行かないと」

「そうだな」

文之介は親父に礼をいった。

「忙しいところ、すまなかったな。とても楽しかった。また寄らせてもらう」

代を払って店をあとにした。

路地を抜けて振り返る。

「ふむ、はじめてであれだけのうどんを打てるんなら、いずれうどん屋になるというのも手かもしれんな」

「そんなに甘いものじゃありませんよ」

勇七がたしなめる。

「あれじゃあ売り物になりません」

「あれははじめてだからだ。一所懸命修業すれば、親父に負けないうどんも打てるようになるさ」

「同心だって半端《はんぱ》なのに、うどんづくりを極められるわけないでしょう」

文之介はむっとした。

「悪かったな、半端同心で」

勇七が身をかがめる。

「申しわけありません。いいすぎました」

五

油堀《あぶらぼり》に架かる富岡橋《とみおかばし》を渡った。橋は十間ほどの長さがある。

文之介たちがやってきたのは深川一色町《いっしきちょう》だ。

「このあたりだよな」

文之介は付近を見まわした。

「富岡橋の近くっていうんだから」

「そこじゃないですかね」

勇七が指さした先に、大木の陰に隠れるように一軒家が建っていた。

そのようだな。つぶやいて文之介は歩きだした。

枝折戸があり、勇七が先に入った。閉められた障子の前に立ち、訪《おとな》いを入れる。

返事もなく、障子《しょうじ》がすっとあいた。

「どちらさんだい」

しわがれた声だ。障子のあいだから、しわに取りこまれたような小さな顔がのぞいている。鈍《にぶ》い光を帯びている目が動いて、文之介に気づく。

「お役人かい。なにか御用で」

軽く頭を下げて男が縁側に出てきた。頭はつるつるに丸めている。真っ白な眉毛が猫のひげのように横にのびていた。どことなく愛嬌《あいきょう》のある顔だ。

文之介は、うどん屋の親父の紹介でやってきた、と告げた。

うどん屋、ときいて男が眉をひそめた。

「なんの用ですかい」

文之介は来意を伝えた。

「盗っ人のことで話がききたいんですかい。それにしてもあの親父、わしのところにまわすなんざ、焼きがまわりやがったな」

独り言をいうようにしゃべり、男は文之介たちにあがるようにいざなった。縁側をあがってすぐの座敷で男と向き合う。

「年寄りの一人暮らしなんで、茶もだせねえですがご勘弁ください」

「かまわんよ」

文之介は笑顔で答えた。立っているときより、男はちんまりとして見えた。いかにも老練な盗っ人、という雰囲気が体からにじみ出ている。いや、今はもうとうに引退しているとのことだ。元盗っ人、というのが正しい。

「名を名乗る必要はないんですね」

男が確かめる。

「はなからそういう約束だ」

男が文之介を見た。

「旦那はもしかして、丈右衛門の旦那のご子息ですかい」

ここでも父が出てきた。親父はいったいどれだけの者に知られているのか。それにくらべ俺はどうなのか。勇七のいう通り、まったくの半端者《はんぱもの》だ。

「その通りだ」

途端に男が表情を崩した。かたいものが消え、孫を抱いている年寄りのような柔和な笑みが頬に浮かぶ。

「そうですかい。あっしがはじめて見たときはまだこんなにちっちゃなお子だったんですけどねえ。やはりお顔が似てますねえ」

「そうか」

「よくいわれるでしょう」

「ああ、こいつもその一人だ」

文之介はうしろに控える勇七を指さした。男が勇七を見る。

「なかなか気の強そうな中間さんだ。どうやら二人、お気は合っているようですねえ」

「まあな。幼なじみだ」

それにしても、と文之介は思った。小柄なじいさんだが、口調に妙な迫力があり、さっきから気圧《けお》されるものを覚えている。愛嬌を感じた顔も、今はやや厳しいものに変わっている。

男が乾いている唇を湿した。

「丈右衛門の旦那の息子さんじゃ、土産《みやげ》の一つも持たさずに帰すわけにはいかねえな」

男は、盗みに入られる店はそれだけの理由があるといきなりいった。

「あえていうなら、隙というものでしょうかね」

これは糸井屋のあるじもいっていたことだ。文之介は黙って耳を傾けた。

「奉公人のたがのゆるみだとか、家人同士のいさかいだとか、商売がうまくいっていないだとか、とにかくそういう気が店の外に出ていて、盗っ人はそれを死肉に群がる烏《からす》のようにすばやく嗅《か》ぎ取るんですよ」

反対に、商売が順調で奉公人の意気があがっている店や、内情がうまくいっている店とかはつけいる隙がなかなかない。

「うまくいきすぎて浮かれきっているところは、むしろ入りやすいんですがね」

男が腕を組み、一つうなずく。

「糸井屋さんならあっしももちろん知っています。本所界隈じゃあ、隠れもねえ名店だ。旦那、そういうときは同業者などを含め、店のことをとことん調べるのが鉄則ですぜ。いろんな思惑が混じり合っていることが、なにしろ多いですから」

「わかった。仰《おお》せの通りにしよう」

文之介は男を見つめた。

「父を知っていると申したな。どんな知り合いだ」

「昔、お世話になったんですよ」

「父がどんな世話を」

「あっしのような稼業だった者が世話といったら一つでしょう」

「父につかまったのか」

「ええ、そういうわけで」

「だが、恩義を受けている、という口調にきこえたぞ」

「受けておりますよ」

「どんな恩義だ」

男が静かに首を振る。

「それはご子息でも申せません」

これでいうべきことはすべていったというように、男が口を閉ざした。まるで頑丈な錠がかかったようで、これ以上は口をひらきそうになかった。

文之介と勇七は外に出た。

少しあたたかさが戻っていた。見ると、雲が切れ、そこから明るい太陽が顔をのぞかせていた。

「今のじいさん、親父からどんな恩義を受けたのかな」

歩きながら文之介は勇七にいった。

「ご隠居のおかげで立ち直った、ということじゃないんですかね」

「そうだな。こうして娑婆《しゃば》で暮らしているわけだからな。だが、それだったらわけをいえそうなもんじゃねえか」

「そうですねえ」

「まあ、いいや。——今のじいさん、やはり糸井屋への盗みには裏がある、ってえ口ぶりだったな」

「そうでしたね。となると、うらみを持つ者の仕業《しわざ》ですかねえ。三十両は決して小さくないですよね」

文之介は、勇七のその一言で気づいた。

「金を盗むことで糸井屋を潰《つぶ》しちまおう、ということか」

だからこそ、支払いの前日に金を奪ってみせた。

「ふむ、考えられねえでもねえな」

六

文之介と勇七は糸井屋のある南本所石原新町に向かった。

雲はすっかり東へ遠ざかり、暑さすら感じさせる陽射しが降り注いでいる。朝方の寒さなど、嘘だったように消え失せていた。

「勇七、腹空かねえか」

文之介は振り向き、きいた。

「えっ、うどん食べたばかりじゃないですか」

「なんだ、勇七は腹が減ってねえのか。じき昼になるぜ」

「旦那が食べたいんなら、あっしもおつき合いしますよ」

「相変わらず、ひねくれたものいいしかしねえ野郎だな。腹が減ってるなら減ってるっていやあいいんだ」

「旦那にひねくれてるなんていわれたくないですよ」

文之介は立ちどまった。

「勇七、俺が食べれば食べるんだな」

「ええ、そうですよ」

文之介はまわりを眺めた。

「このあたりにいい店はあるか」

「そうですねえ、なにが食べたいんです」

「蕎麦切りがいいな」

「またですかい。昨日食べたばかりですよ」

「いいじゃねえか。うめえんだし」

「まあ、うまいことは認めますが」

「そうか、蕎麦切りに関していえば俺のほうが詳しいな」

文之介は腕を組んだ。

「ああ、あそこにあったな」

足を踏み入れたのは、本所長岡町《ながおかちょう》にある夏井《なつい》という蕎麦屋だった。

「あれ、こういう店があったんですねえ」

座敷の窓際に座るや勇七が不思議そうにいった。

店は黒光りした太い四本の柱が四隅に立ち、全体に落ち着いたつくりだ。高い天井には、これも黒光りした梁《はり》が縦横にめぐらされており、迫力をもって迫ってくる。

やってきた小女にざるを四枚注文する。

「おい勇七、おめえ、ここははじめてじゃねえぞ」

文之介がいうと勇七が冷静に返した。

「冗談いっちゃあいけません。はじめてですよ」

「来たことあるって」

「ありませんよ。こんな立派な店、一度来たら覚えてますよ」

「忘れちまったんだよ」

「忘れませんよ」

「あくまでもいい張るつもりか」

「当たり前です」

ちぇ、と文之介は舌打ちした。引っかからねえか。

「なんだ、この前の意趣返しですか」

勇七があきれたようにいう。

「まったく旦那はいつまでたっても餓鬼《がき》ですよねえ」

文之介はふと思いだした。

「この前、弥生《やよい》ちゃんと食事に行ったたっていったよな。どこ行ったんだ」

弥生というのは箱崎町《はこざきちょう》で手習所をひらいている女師匠だ。弥生は勇七に惚れている。

文之介と勇七が弥生と知り合ったのは、親しくしている子供たちの手習師匠という縁からだ。

「どこだっていいでしょう」

「別に隠すことはねえじゃねえか」

「いや、あの……」

勇七が小声でなにかいった。

「なんだ、勇七。きこえねえぞ」

「……玉坂《たまさか》ですよ」

「玉坂ってあの有名な……」

常盤町《ときわちょう》にある料亭だ。うまいという評判はきいているが、その分、代も目の玉が飛び出るほどといわれている。

「そりゃまた思いきりやがったな。俺だって入ったことねえぞ。勇七、おめえがおごったのか」

「まさか。弥生さんのほうです」

「おめえ、女にださせたのか。あきれた野郎だな」

「だってあっしが払えるわけ、ないじゃないですか」

「そりゃそうだな。うまかったか」

勇七が下を向く。

「味なんて、わかりゃあしませんよ」

「でも弥生ちゃん、けっこう金持っているんだな」

「いえ、前のお師匠さんの絡《から》みで顔がきくみたいですよ」

「前のお師匠さんというと、弥生ちゃんの父親のことか。どんな絡みだ」

「知りません。きいてないですから」

「きけばよかったんだ。そうすりゃあ、女は私に興味を持ってくれてるってうれしいらしいぞ」

「あっしは、弥生さんには興味ありませんから」

「もったいねえ話だな。――でもよ、あれだけの名店と呼ばれている店だぞ。絡みってどんなのがあるんだ」

「さあ。今度弥生さんに会ったとき、旦那がきいてみたらどうです」

「そうだな、そうするか」

そんなことを話しているうちに蕎麦切りが運ばれてきた。

お待ちどおさまでした。置かれた蕎麦切りを文之介たちはさっそく食べはじめた。

「ふむ、やっぱりうめえな、ここのは」

「本当だ、おいしいですねえ。特につゆがいいですねえ。よそよりこくがある感じがします。だしのとり方がいいんですかね」

「だろ。それに、蕎麦切りだって腰があっていいじゃねえか」

「ええ、かなり細く切ってあるのに嚙むと弾き返してきますね。こういう蕎麦はあまりお目にかかれないですねえ」

文之介は落胆した。

「なんだ、やっぱりはじめてだったのか」

勇七が箸をとめる。

「まだこだわっていたんですかい」

「俺はいつまでもしつこいんだよ」

文之介はふて腐れ、蕎麦切りをがばっと一気に口に放り入れた。

「あっしは旦那のこと、しつこいなんて思ったこと、一度もないですよ。気性のさっぱりしたいい男じゃないですか」

文之介は蕎麦切りを咀嚼《そしやく》し、それからゆっくりと茶を喫した。

「なんだ、そうか。おめえはやっぱりいいやつだな。俺のことを正しくいいあてやがる」

「疲れるんだよな。立ち直らせるのにこれでも気をつかうんだよ」

「なんだ、なにぶつぶついってんだ」

「いえ、なんでもありませんよ」

勇七が蕎麦をすすりあげる。それを見て、文之介も食べ続けた。

満腹した文之介は代を払って夏井を出た。

ゆったりと歩いて、南本所石原新町にやってきた。

自身番に入り、あらためて糸井屋のことを町役人たちにきく。

店の成り立ちはもう百年以上も前とのことだ。これは昨日きいた通りだ。今、病で臥せっている達吉が五代目とのことだ。

せがれで六代目になるはずだった良吉《りようきち》は十年以上も前に病死している。胸の病だった。

「ということは、達吉と同じじか」

文之介は年かさの町役人にたずねた。

「ええ、さようで。多分、達吉さんがもとから持っていた病をもらっちまったんじゃないかと」

「若い分、進みがはやかったということか」

「その通りで」

そうか、と文之介はうなずいた。

「商いのほうはどうだ」

「あの、御牧の旦那。糸井屋さんがどうかしたんですか」

土間の端にいた勇七が進み出る。

「糸井屋さんがどうかしたというんじゃねえんですよ。ちょっと糸井屋さん自身のことを調べなきゃならなくなった、っていうことなんで」

「——というわけだ。答えてくれ」

「はい、わかりました」

町役人が一礼する。

「昨日ご覧になった通り、品ぞろえはたいしたものですが、商いはさほど大きいとはいえないと思います。最近は、客足も遠のいているように思いますねえ」

「内情は苦しいのか」

「楽ではないと思いますよ」

別の町役人が口をひらく。

「老舗ですから、これまでたくわえてきたものが新しい店とはくらべものにならないほどあるんでしょうけど、それも達吉さんが倒れてからはだいぶ減らしてしまったんじゃないですかねえ」

「達吉はいつから床に臥せているんだ」

「もう三年くらいになりますかねえ」

「そんなにか。医者にはかかっているんだよな。よくならねえのか」

勇七も同じ疑問を持ったらしいのが雰囲気でわかった。

「医者は藪《やぶ》じゃありませんよ。名医だと思います。その医者によると、病の進みをおそくするしか手立てはないそうなんで。良吉さんのときも、大事な跡取りだからっていうんで、達吉さん、相当つかったらしいですから。達吉さん自身、医者や薬にはかなりの金、つかっていると思いますよ」

それも糸井屋の内情を苦しくさせているにちがいない。

「達吉に万が一があった場合、誰が跡を継ぐんだ」

「それがまだ決まってないみたいです。もしかしたら、このまま潰してしまうのかもしれません」

「番頭の石蔵が、ってことはねえのか」

「あるかもしれませんが、そういうのは伝わってきてはいないですねえ」

「石蔵が暖簾わけされる噂《うわさ》は」

「今のところ、きかないですねえ」

もし達吉が死んだら、石蔵と手代の沖助は路頭に迷いかねない。どうせ潰れゆく店だ。そうなる前にまとまった金をかっさらった。そういう筋書きだろうか。

考えられないことはないが、やはり文之介の脳裏に浮かぶのは達吉の二人に対する厚い信頼だ。病で気が弱り、達吉にはそう見えているだけなのか。

「糸井屋や達吉に、うらみを持つ者は」

文之介がきくと、五名の町役人はいっせいに手を横に振った。

「とんでもない。達吉さんはとてもいい人ですよ。病に倒れる前は、町内のことにも尽くしてくれましたし」

いわゆる老舗や大店というのは商売に精だすだけでなく、町内の住人たちが困ったりしているとき、助けなければならないという暗黙の決まりがある。祭りや葬儀、婚礼などのときにも一番に金をださなければならない。商売をしている町への感謝の証といっていい。

その後、文之介と勇七は同業者や近所の者などに当たって、いろいろ話をきいた。

だが、糸井屋にうらみを持つ者に心当たりがある者はいなかった。

ただ一つだけ、別の町内の瀬戸物屋に行ってみたところ、耳寄りな話をきくことができた。

糸井屋を買いあげたいという願いを持つ商家があるとのことだった。

七

扁額に『蒲生屋《がもう》』と記されている。建物の横に大きく『瀬戸焼』と書かれた看板が張りだしていた。

蒲生屋は茅場町《かやばちよう》一丁目にあり、かなり繁盛していた。

糸井屋とは客の入りがまるでちがう。そのほかにもなにか異なるものがあるように文之介には感じられた。

すぐにさとった。明るさだ。

光の取り入れ方に工夫がなされているようで、明かりが灯《とも》されているわけでもないのに、とにかく店内が明るく見えるのだ。

売り物の整理もよくされている。糸井屋のような雑多な感じがない。これなら、客も瀬戸物に圧倒されるようなことはないだろう。

文之介も店に入り、品物を眺めた。客には近くの長屋の女房らしい者も目立つことから、どうやら安いようだ。

「ここは品物はいいのか」

文之介は一人をつかまえて問うた。

「私にはこちらの瀬戸物がいいか悪いかなんかわかりません。ただ、よそより安いものですから」

「どのくらい安い」

「二割は」

「それは大きいな」

「ええ、うちは子供がまだちっちゃいもので、よく割るんですよ。ですので、こういう店があると大助かりです」

その女房は小さな茶碗と大ぶりの湯飲みを二つずつ買っていった。ありがとうございました。大きな声が威勢よくかかる。

こういう店は隙がなく、盗っ人も入りにくいにちがいない。

勇七が興味深げに一つの湯飲みを手に取っている。

「気に入ったか」

「ええ、これは物もいいですね」

「わかるのか、おめえに」

「たいしてわかりゃしませんがね。ちゃんと焼きが入っている気がします」

お目が高いですねえ、と奉公人が勇七に寄ってきた。

「その通りでして、こちらは下総《しもうさ》で焼かれた物なんですが、とても腕のいい職人の手にかかったものですよ。お買い得と申しあげてよろしいかと存じます」

「へえ、そんなにいいものなのか」

文之介が声をかけると、奉公人が顔を向けてきた。

「その通りでござ――」

途中で言葉がとまる。文之介が定町廻り役人であるのにようやく気づいたようだ。かなりの人がそう広くない店に入っている。気づかないのも無理はなかった。

「これはお役人。ご苦労さまです」

「うむ。おめえ、手代か」

「はい、さようです」

実直そうな手代が律儀に辞儀した。

「あるじに会いてえんだが」

「あの、どのようなご用でしょう」

「それはあるじにじかにいう」

「あ、はい。少々お待ちくださいませ」

手代は小腰をかがめて、すばやく動いた。上にあがり、帳場格子のなかに座っている番頭らしい男に耳打ちする。

番頭が顔をあげた。文之介と目が合うと、あわてて頭を下げた。

番頭が立ちあがり、内暖簾を払う。手代が文之介たちのところに戻ってきて、どうぞこちらへ、といった。

手代に導かれて、来客用の座敷に入る。申しわけございませんが、しばらくお待ちくださいませ。廊下に出た手代が静かに襖《ふすま》を閉めた。

その後、女中が茶を持ってきた。喉が渇いていた文之介は遠慮なく喫した。

「これはまたうめえ茶だな」

ほとんど熱い茶を一気に干すようにした文之介は勇七を見た。勇七の前にも湯飲みが置かれている。

「飲みたいんなら、いいですよ」

「本当か。あとで、やっぱりやるんじゃなかった、なんていいだすんじゃねえだろうな」

「いいませんよ、そんなこと」

どうぞ、と茶托《ちゃたく》ごと畳を滑らせる。

「悪いな」

文之介は蓋《ふた》を取り、湯飲みを手にした。いかにも高級そうな湯飲みで、手ざわりがとてもやわらかなのに気づく。湯飲みを傾ける。あたたかな旨みにほっとするものを覚える。

文之介は湯飲みを茶托に戻した。襖の向こうに人が立った気配がしている。

「失礼いたします」

声がかかり、襖が音もなくひらく。

見ると、肩幅のあるがっしりとした男が両手をそろえ、こうべを垂れていた。

「当家のあるじ友五郎《ともごろう》と申します。よろしくお願い申しあげます」

響きのあるいい声だ。

「そんなにかしこまることはねえよ。ただ、ききてえことがあって寄っただけだ」

失礼いたします、と友五郎が文之介たちの前にまわりこんだ。

文之介は名乗り、勇七を紹介した。友五郎はあらためて名乗り返してきた。

日焼けしている顔は鼻筋がすっきり通り、いかにも繁盛店の主人らしい精悍《せいかん》さがある。くぼんだ眼窩《がんか》におさまっている目は丸く、穏やかな光がたたえられている。口許《くちもと》は引き締められているが、常に微笑を浮かべているような感じがあった。

背も高く、文之介とほぼ同じところに瞳がきている。若い頃は相当娘たちに騒がれたのでは、と思える男だ。もっとも、それほど歳《とし》がいっているわけではない。

「おめえさん、歳はいくつだ」

「はい、三十四です」

「若えな。この店は誰が興したんだ」

「手前の父親です。十七年前のことです」

「そうか、おめえさんは跡取りか。親父は息災か」

「いえ、ちょうど十年前に」

「そうか。悪いことをきいちまったな」

「いえ……」

「二十四のときにこの店を継いだのか。たいへんだっただろう」

「いえ、さほどでも。継いだのは正しく申しあげれば、二十一のときです。そのときに父親はすでに病床におりましたから」

「そうか。おめえさん、やり手だな」

「そんなことはございませんが」

友五郎が真剣な眼差しを注いでくる。

「ところで、どのようなご用件でしょう」

「ああ、そうだったな」

背筋を伸ばして文之介はうなずき、話した。

友五郎がわずかに身を引くような仕草をした。こほん、と空咳をする。

「はい、手前が糸井屋さんを買い取ろうとしているのは事実でございます」

「どうして買い取りたい。店はとても繁盛しているじゃねえか」

「繁盛しているのはありがたいのですが、手前といたしましてはお武家に食いこみたいと願っているのです」

「ほう、武家に。これまで食いこめていないのか」

「お武家のお客さまがまったくない、というわけではございませんが、糸井屋さんを買い取ることで、お武家のお客さまをさらに増やせるのでは、と考えているのです」

「ほう。というと」

友五郎が唇を湿した。

「手前どもにお武家のお客さまが少ないのは、信用がまだないためです。もともと、糸井屋さんはお武家のお客さまを多く持っていらっしゃいます。糸井屋さんを買い取ることで、そのお客さまをすべて取りこめるとはさすがに思っていませんが、お客さまが増えるのはまちがいないでしょう」

「そうかもしれねえな」

「それに、糸井屋さんほどの老舗を買い取ったということで、そのことが店の宣伝になります。箔《はく》にもなるでしょう」

「なるほど」

「しかも、場所がひじょうにいいところです。あそこに店をもう一軒だすことができれば、店売りだけでもさらに太くできましょう」

「ふーん、そうか」

文之介は感じ入った。自分のような者は決してこんなことは考えない。商人はたくましく生きている。

「いくらで買い取るつもりなんだ」

「旦那、そんなこと、きくものじゃないですよ」

勇七がうしろからたしなめる。

「かまわねえよな」

文之介は友五郎に確かめた。友五郎が微笑する。

「お気をつかっていただき、ありがとうございます」

勇七に如才《じょさい》なくいってから、友五郎は文之介に目を向けてきた。

「二千両です」

文之介は正直たまげた。

「そいつはすげえな。やっぱりそのくらいださないと駄目か」

「ええ、手前としましては安すぎるか、と思っているくらいです」

「上積みする用意があるのか」

「はい。その額はさすがに申せませんが」

「俺は糸井屋に漏《も》らしゃしねえぞ」

「お気を悪くされたのでしたら、謝ります。もちろんお役人がそのような方ではないのはわかっておりますが、念のため、ということです」

文之介は一つ間を置いた。

「話し合いはうまく進んでいるのか。いや、進んでねえんだな。だから上積みを考えている。――ちがうか」

「はい、正直申しあげてはかばかしくございません。あるじの達吉さんが頑として売ろうとされないのです」

「一徹そうだものな。自分の代で老舗を売り渡したくねえんだよな」

文之介は友五郎を見据えた。

「糸井屋に盗っ人が入った。知っているか」

友五郎が目をみはる。

「いえ、存じません。いつのことです」

文之介は教えた。

「おとといの晩でございますか」

「盗まれたのは五十両だ」

わざと額を大きくいい、友五郎がどういう顔をするか、文之介は見た。

蒲生屋の主人の顔には、糸井屋のことを案じているらしい色があらわれているだけだ。

「おめえ、今日が糸井屋の支払日だってこと、知っていたか」

「いえ、存じません」

文之介は友五郎を見つめた。やはり顔色に変わりはなく、嘘をついているようには見えなかった。

「正直にいおう。盗まれたのは実は三十両だ。俺はなにか意味があって、この三十両が取られたと思っている」

文之介の言葉に友五郎が考えこむ。一つうなずいてから顔をあげた。目に鋭さが宿っている。

「お役人がいらしたのは、その支払いの金を奪うことで手前が糸井屋さんを窮地に追いこむつもりでは、とにらまれたからですね」

さすがだな。文之介は深くうなずいた。

「確かに、今の糸井屋さんは商売も細ってきているようです。三十両は決して小さくない額でしょう。しかし、買い取りの話し合いをうまく運ぶために、そんな姑息《こそく》な手立てを手前は取りません」

友五郎はきっぱりといった。

その通りだろうな、と文之介は思った。蒲生屋の清潔さや奉公人たちのきびきびとした動きぶり。もしあるじが陰謀を企むような男なら、奉公人たちにもあらわれているはずだ。それがこの店にはまったくない。若いあるじの性格をそのまま照らしだしているような感じがする。

「わかった。信用しよう」

文之介がいうと、友五郎は安堵《あんど》したように吐息を漏らした。

「ところでおめえ、糸井屋にうらみを持つ者に心当たりはあるか」

「心当たりでございますか」

友五郎はまじめに考えはじめた。

「いえ、ございません」

友五郎がはっとした顔つきになる。

「どうした」

「あの、今一つ思いだしたのですが」

文之介は黙ってきく姿勢を取った。勇七もうしろから友五郎をじっと見ている。

「前にきいた噂です。もう三年くらい前になりますか、糸井屋さんから暖簾わけされて潰れた店があるんです」

達吉に見こまれて店を持ったとはいっても、さすがにすべてうまくいく者だけではないようだ。

「それで」

「はい。そのお人は糸井屋さんに援助を申し入れたのですが、断られたのです。もちろん、その頃すでに糸井屋さん自身、よそに援助できるほどのたくわえがなかった、というのもあるのでしょうけど」

それをいまだにうらみに思っている。考えられないことではない。

それに、今はどんな小さな手がかりでもたぐってゆく必要がある。

文之介はその店のあるじの名をきいた。

「確か、善之助《ぜんのすけ》さんといったと思います」

「住みかは」

「前は深川扇橋町《おうぎばしまち》に店を構えていました」

八

「場所は悪くねえよな」

右手に扇橋、正面に新高橋《しんたかばし》が架かっており、人の往来は繁くある。目の前を流れているのは小名木川《おなぎがわ》、東側は大横川《おおよこがわ》だ。

「ええ、どうしてこれで潰れちまったんですかねえ」

勇七も不思議そうだ。

小名木川沿いには武家屋敷が多いが、大横川に沿ってはずっと町家が建ち並んでいる。客が入らないといったことはまずなかったはずだ。場所としてはいいだけに、今はもう別の店が入っていた。呉服屋で、頭上に掲げられた扁額には『牧野屋《まきの》』と記されている。

大きくあけ放たれた入口からは、あがりこんだ多くの客が品物を見定めている様子が眺められた。それに応対する奉公人たちも生き生きとしている。さっきの蒲生屋に雰囲《ふんい》気《き》がよく似ていた。

潰れた瀬戸物屋のほうは中井屋《なかい》といった。

深川扇橋町の自身番につめていた町役人によれば、家人だけでなく奉公人も散り散りになったという。

「ちょっときいてみるか」

文之介は牧野屋の暖簾を払った。

「いらっしゃいませ」

いくつかの声が飛んできた。

奥にいた番頭らしい者がすばやく立ちあがるや、畳《たたみ》を滑るようにして近づいてきた。両膝をついて辞儀する。

「なにかご用でしょうか」

文之介は畳の上に腰かけた。勇七は横に立ったままだ。

「この店はいつできたんだ」

「はい、二年半前でございます。その前は本所菊川町《きくかわちょう》で商売をさせていただいていたのですが、移ってまいりました」

「菊川町もいい場所じゃねえか。どうして移った」

「確かにいいところですが、店が大横川沿いではなく、一本裏に入ったところにありましたもので」

「そういうことか。裏通りにくらべたらここはいいものな。——番頭らしいが、古株か」

「奉公しはじめてかれこれ三十年になりますから、古株といえると思います」

「前にここに店を構えていた中井屋のことは知っているか」

番頭がわずかに考えに沈んだ。

「はい、覚えております。確かお店が立ちゆかなくなって潰れたときききましたが」

「あるじは善之助といったそうだが、どこに行ったか知らんか」

「いえ、存じません。手前どもがこちらに移ったのは、中井屋さんがとうに立《た》ち退《の》いてからでございますから」

「詳しい者はおらんか」

番頭は一応考えるふりはしてくれた。

「いえ、いないものと」

「そうか。――この場所を紹介してもらったのは口入屋か」

「はい、さようです」

問う前に店の名を教えてくれた。文之介は笑顔で、ありがとう、といった。番頭はうれしそうに会釈《えしゃく》を返してきた。

「忙しいところすまなかった」

文之介は立ちあがった。番頭が懐から紙包みを取りだし、握らせようとする。

「いらねえ。俺はもらわねえんだ。出入りの岡っ引にでもやってくれ」

番頭は信じられないという顔をしている。

「邪魔したな」

外に出ると、途端に陽光に包まれ、目の奥が痛くなった。

風がいつからか強くなっていた。南の風で、どこか湿り気を帯びている。ただ、潮の香りはそんなに強くない。

空は晴れているが、南のほうに目を向けると、暗い帯のような雲の群れがかすかに見えていた。それが徐々に近づいて来つつあるようだ。夜には雨になるかもしれない。

近所の者にも、中井屋のことをきいてみた。だが、善之助が今どうしているか知っている者は一人もいなかった。

住人からは、一人、昔から住んでいる年寄りがいることを教えられた。

「甚六《じんろく》さんというんですけど、ほんと、町のことはよく知ってますよ」

牧野屋の番頭にきいた口入屋に足を向けようとしていたが、この話をきいて文之介は教えられた道を行った。

やがて、一本の路地の奥にこぎれいなしもた屋が見えてきた。

「なるほど、隠居が住むのにふさわしいつくりだな」

文之介は足を進ませ、しもた屋の前に立った。勇七が格子戸に手をかける。からからと軽い音を立ててひらいてゆく。

目の前には草木が植えられた庭が広がっている。つつじが多い。花は終わりの頃合だが、まだ咲いているものも目についた。

勇七が半分あいている障子の向こうに声をかけた。

すぐに返事があり、男が濡縁《ぬれえん》に出てきた。

確かに年寄りだった。勇七をまず見、そのあと文之介に目を転じる。

「おや、これはお役人。このようなところまで来られるなんぞ、お珍しいですな」

「まあな、ちょっとききてえことがあってきたんだ」

「でしたら、お入りください」

庭でもよかったが、目の前の年寄りは客に飢えているようにも感じられた。導かれるままに文之介と勇七は座敷に腰をおろした。

年寄りが正面に正座する。

「そんなにかしこまらなくてもいいぞ」

「いえ、お武家ですから」

真摯《しんし》な眼差しを注いでくる。

文之介はさっそく語った。

「ああ、中井屋さんですか。手前も善之助さんたちがどこに行かれたのかは存じないですねえ。申しわけございません」

「いや、謝る必要などねえ。おめえさん、中井屋が潰れたわけを知っているか」

年寄りはしわばかりの首を上下させた。

「それは存じております。女ですよ。善之助さん、女に溺《おぼ》れたんです」

中井屋が深川扇橋町に店をひらいたのは、八年前のことだった。最初は商売は順調で、場所もいいことから客の入りもよかった。

「ただ、店をひらいて翌年にもらった女房とあまりうまくいかなくなったこともあって、善之助さん、妾《めかけ》を持ったんです。商売がうまくいきすぎたこともあり、三人、四人と増えていったんです」

「ほう、そいつはまた」

「それだけ妾がいると、家を空けることが多くなります。当然のことながら商売に身が入らなくなります。そういうあるじの気分は奉公人に伝わり、奉公人のだれた気分を客は敏《さと》く感じ取ります。そうなればこの競りの激しい世の中、店が傾くのなどあっという間でしょう」

善之助は隙を見せてしまったのだ。それを盗っ人ではなく、客たちが見逃さなかった、ということなのだろう。

礼をいって隠居のところをあとにし、文之介たちは口入屋に足を運んだ。

新高橋を渡ってすぐの路地を入ったところにあった。名は志賀《しが》屋。

頭を坊主のようにつるつるにしているあるじは、文之介の問いにあっさり答えた。

「今、善之助さんがどうしているかは存じませんが、中井屋さんで奉公していた人を一人存じていますよ」

「ほう、こりゃ立派な瀬戸物屋じゃねえか」

文之介は感嘆の声を漏らした。

扁額には『阪井《さかい》屋』とある。この店は糸井屋から暖簾わけされたという。中井屋で働いていた吉蔵《よしぞう》という男は、この店に拾われたとのことだ。

阪井屋は本所林町《はやしちょう》一丁目にある。竪川《たてかわ》沿いに店を構え、風にゆったりと吹かれる暖簾を出たり入ったりする人があとを絶たない。

「ここも相当うまくいってるようですねえ」

勇七が感心する。

訪いを入れると、すぐに奥へ通された。

だされた茶を飲む暇もなく、あるじがやってきた。

頭は白髪で一杯だが、しっかり剃《そ》られた月代《さかやき》はつやつやとしている。目はいかにも穏やかで、聡明そうな光が宿っていた。

あるじが深々と一礼して名乗る。

「お初にお目にかかります。甚左衛門《じんざえもん》と申します」

口調に力強さが感じられ、蒲生屋のあるじと同じような雰囲気を全身にたたえている。

「ああ、どうぞ、お召しあがりください」

茶を勧めてきた。文之介は湯飲みを手にし、勇七に、いただこう、といった。

ここもうまい。甘みが実に濃かった。

「いい茶だな」

「ええ、お客さまへださせていただくお茶だけはいいものを選んでおります」

「自分たちはいい茶を飲まねえのか」

「手前どもは白湯《さゆ》ですませております」

冗談かもしれないが、あながち嘘とも思えなかった。あくまでも儲《もう》けを追求する商人には、日常をぎりぎりまで切りつめる者が少なくないのだ。それは奉公人に与える食事でもそうだ。たくあんや梅干しだけがおかず、というところはよく耳にする。

それがために、肥《こえ》を買い取る者たちは、商家の肥を敬遠しがちだ。商家の肥では作物が育ちにくい、と。

「ところで阪井屋、糸井屋が盗っ人に入られたのを知っているか」

甚左衛門が深くうなずく。

「存じております」

「どうして知っている」

「糸井屋の番頭さんから知らせがまいりました」

「石蔵か」

「はい、その通りで」

「仲はいいのか」

「ええ、いいおつき合いをさせてもらっていると思っています」

文之介はぴんときた。勇七も思い当たったようで、うしろで身じろぎした。

「石蔵は金策に来たんじゃねえのか」

甚左衛門は一瞬、泣き笑いのような表情を浮かべた。そっと縦に顎を動かした。

「いくら貸した」

「たいしたことはありません。十両です」

「十両がたいしたことねえのか。やはり商売が順調なんだな」

「ええ、まあ。なにしろ手前を育ててくれた店ですから。潰れたりしないか、手前は本気で案じています。これからもできる限りのことはしたいと思っています」

「あるじ、十両は貸したわけじゃねえようだな」

甚左衛門は答えず、小さく笑みを見せただけだ。

「近々お店を訪ねてみるつもりでいます。――あの、お役人は御牧さまといわれましたが、丈右衛門さまのご子息ですか」

またか、と文之介は思った。ここまでくると、驚きを通り越してあきれるしかない。

「ご子息なんて柄《がら》じゃねえが、おめえ、親父を知っているのか」

「もちろんでございます。よくお買いあげいただきました」

「それだけの縁じゃねえだろう」

甚左衛門が目を見ひらく。

「ええ、そういうことで。御牧さま、ご存じなのですか」

「知らねえ。だが、なんとなくそんな気がした」

「そうですか。ええ、御牧の旦那には本当にお世話になりました」

「親父がどんな世話をしたかききてえが、いまはよしとこう。後日だ」

甚左衛門が目をあげる。

「丈右衛門さまはお元気でいらっしゃいますか」

「元気すぎて手に余るくれえだ。今もお知佳っていう――」

「旦那、旦那」

勇七がさえぎる。

「いっけねえ。いらんことを口走りそうになっちまった」

甚左衛門は頬をゆるめて、そんな文之介を見ている。ふと表情をまじめなものに戻し、なにかを考えはじめた。

小さく笑みを見せ、うなずいた。これならいけるかもしれんな。口のなかでつぶやく。

「なにがいけるんだ」

甚左衛門がはっとする。

「ああ、いえ、なんでもございません。――でもそうでしたか。御牧の旦那には、こんな立派な息子さんがいらしたんですか」

「立派じゃねえよ」

「とんでもない。御牧さまはとてもご立派でいらっしゃいますよ」

「そうかな」

いいながら文之介は笑みがあふれ、湯飲みに残った茶を飲みそこねた。げほっげほっ、とむせる。

「大丈夫ですか」

勇七が背中をさすってくれた。

「おう、もう大丈夫だ」

口のしずくを手でぬぐって文之介は甚左衛門を見つめた。

「持ちあげても無駄だぞ。おめえ、中井屋を知っているか」

唐突にきかれて驚いたようだが、中井屋という名をきいて、甚左衛門は暗い顔になった。

「存じております」

「今、善之助がどうしているかを」

さらに暗い表情になる。

「どうした」

「亡くなったそうです」

「本当か。いつのことだ」

「中井屋さんのことをお知りになりたいのでしたら、奉公していた者がおります。呼びましょうか」

「実をいえば、その男に会いたかったんだ」

甚左衛門は立ってゆき、すぐに一人の小柄な男をともなって戻ってきた。

男は正座して吉蔵と名乗り、ほとんど前置きなしに中井屋のことを話しだした。

中井屋のあるじである善之助は店が潰れたあと、母方の在所である上総《かずさ》に行っていたが、借金を返せず、結局病死したという。店が潰れて一年後のことだった。

「手前は病で、とききましたが、もしかしたら、とも考えています」

「自殺か」

さもありなん、という気は確かにする。とにかく善之助は二年前に死んでいた。

「家人は」

「もともと連れ合いしかおらず、跡取りはできなかったんです。その連れ合いも旦那が死んで半年後に病死したそうです」

「奉公人は」

「手前は存じません。番頭と手代として三人いたのですが、今どうしているかは……」

「中井屋が潰れたのは、あるじが女に精をだしすぎたせいか」

「ご存じだったのですか。その通りでございます」

吉蔵が力なくうなだれる。横から甚左衛門が助け船をだすようにいった。

「手前も中井屋さんにはかなり援助をしたつもりですが、暮らしが一向にあらたまらないものですから、結局はなにをしても同じでしたね」

「助けてやっていたのか」

「手前だけではありません。旦那も——達吉さんも、できる限りのことは」

そうだったのか、と文之介は思った。達吉の性格からして、理由が理由とはいえ見捨てるというのはなんとなくそぐわない気がしていたが、見えないところでそれなりに援助は行っていたのだろう。

となると、仮に中井屋が生きていたとしても、うらみなど持つはずがなかった。

九

「しっかし相変わらず顔がでけえよな、親父は」

歩きながら文之介はいった。

「どこへ行っても、御牧って名乗ると親父が出てきやがる」

「旦那、言葉のつかい方をまちがえてますよ」

「そうか。こういう場合は、顔が広え、というんだったな」

その後、阪井屋のあるじ甚左衛門の紹介を受ける形で、文之介たちは次々に暖簾わけされたほかの店を訪れた。

阪井屋以外にも四軒あった。

そのいずれもが糸井屋に感謝こそすれ、うらみなど抱いていなかった。うらんでいる者に対しても心当たりはなかった。

ただし一つだけ、もしや、と思えることをつかむことができた。

もう十年以上も前のことだが、糸井屋の金に手をつけて追いだされた者がいたことを、三上屋《みかみ》という店のあるじが思いだしたのだ。

「手をつけたのは最初が二分。それは旦那さまが不問に付しましたが、二度目はさすがに駄目でした。そのときは一両でした。番頭の目を盗んで金箱から取ったんです。それで旦那さまの堪忍袋の緒が切れました」

「番所には」

「旦那さまの温情で、突きだされはしなかったんです。まだ若かったものですから、放逐したのみです」

「若かったというと」

「丁稚《でっち》です。確か、まだ十二、三くらいだったように覚えています」

「丁稚の名は」

「算之介《さんのすけ》といいましたね。今もどこかできっと生きているんでしょうねえ」

あるじが文之介たちを見る。

「ちょうどお役人方と同じくらいの歳、ということになりますか」

「そういうこったな。人相は」

あるじが首をひねる。

「今、算之介がどういうふうな人相になっているのか、正直わかりません。あの頃はまだ背も小さかったですし。一つ大きな特徴としましては、顎が二つに割れていることでしょうか。あれは長じた今も、まず変わっていないと思いますよ」

文之介はその特徴を頭に叩きこんだ。

「算之介だが、出はどこだ。どこから糸井屋に奉公にやってきた」

「どこでしたかねえ」

あるじが厳しい顔で思いだそうとする。

「相模《さがみ》だったような気もしますが、覚えておりません。申しわけありません」

「当時の糸井屋がつかっていた口入屋は今も同じか」

「いえ、あの頃取引があった口入屋はもうありません。火事で焼けてしまいました。主人も一人いた若い奉公人も、逃げおくれてしまい……」

一応、その口入屋があった本所吉田町《よしだちょう》一丁目に行ってみた。

しかし、なにも見つからなかった。

一度ならず二度も大火に遭い、当時の住人は死んだり、よそへ越していったりして、ちりぢりになっていた。算之介のことはもとより、この町に口入屋があったことすら知っている者はいなかった。

日も暮れはじめた。南の空にあらわれた雲の群れはさらに江戸に近づきつつあった。強くなった風は雨のにおいを濃く含んでいる。

「勇七、戻るか。雨に降られるのはいやだものな。それに今日はさすがに働きすぎたきらいがあるぜ」

「あっしもそう思いますよ。今日の旦那は定町廻り役人としては、とてもいい働きだったと思います」

「そうだろう。俺もやればけっこうできるんだよな」

不意に勇七が黙りこんだ。

「なんだ、それだけか。もっとほめろよ。そうすりゃあ、俺は明日も調子にのって働くぜ」

だが、勇七の目は一点に据えられたままだ。文之介はそちらを見た。

あれ、と思った。こちらに近づいてくる姿のいい娘がいた。

「旦那、はやく行きましょう」

勇七が気づいたようにうながす。

「あら、勇七さん」

喜色を浮かべ、娘が小走りに駆けてくる。手習師匠の弥生だった。

文之介は勇七の腕を振り払った。

「おう、お師匠さんじゃねえか。相変わらずきれいだな」

弥生は文之介の声がきこえていない様子で、勇七の前に立った。

「お仕事、終わったんですか」

「いえ、これからまだききこみにまわらなきゃいけません」

勇七の言葉に弥生が文之介を見る。

勇七も見ていた。その目は、下手《へた》なことをいわないでください、と願っている。

「あ、ああ。まだこれからいくつかまわらなきゃいけねえ」

勇七が弥生から見えないようにほっと息をつく。

「そう、それは残念ですねえ。せっかく会えたのですから、どこかお食事にでも、と思ったのですけれど」

きらきらした瞳で勇七を見る。風がほつれ毛をさらう。どきりとするほど色っぽい。

この女に惚れられて、迷惑がっている勇七が文之介には信じられない。

「ところで弥生ちゃんはどうしてここに」

文之介がきいたのだが、弥生は勇七に向かって答えた。

「ええ、お友達がこの前赤ちゃんを産んだんです。それで見に来たんですよ」

「男の子かい」

「いえ、女の子です」

これも勇七に向かっていう。

「とてもかわいくて、私もあんなかわいい子、ほしくなってしまいました」

子づくりなら俺が力を貸すぜ、といいたかったが、どうせ無視されるのは見えている。

文之介はおもしろくない気分で口を閉ざした。

勇七は、どう答えればいいか、わからずにいる。ここまで露骨にお嫁さんにしてほしい、といわれて弱っている。

しょうがねえな。

文之介は一歩踏みだした。

「弥生ちゃん、せっかく会えたのに残念だが、ちょっと急がなきゃならねえ。これで失礼させてもらうぜ」

弥生は悲しげな顔になった。勇七が体から力を抜く。

「すみませんね、弥生さん。では、これで」

「勇七さん、またお食事に誘ってくださいね。私、待ってますから」

勇七はきこえないふりをして道を急ごうとする。

「おい勇七、それはねえだろう」

さすがに文之介はたしなめた。

勇七はため息まじりに足をとめ、ゆっくりと振り向いた。

「わかりました。弥生さん、またお誘いしますよ」

弥生は満面の笑みになった。その顔が雲を抜けてくる薄い夕日に照らされて、とても美しく見えた。

弥生はその場に立ち、勇七を見送ろうとする風情だ。

しばらく歩いてから文之介は振り向いた。

やはり弥生はその場から動かずにいた。

「おい勇七、一つ貸しだぞ」

「はい、わかっています。ありがとうございました」

勇七が神妙に頭を下げる。

「でも、おめえは本当にお克がいいんだなあ。どうしてだ」

「どうしてってお克さんがいいからですよ」

「惚れるきっかけってあったか」

文之介は、お克と知り合ったくだりを思い起こした。

お克は啓吉《けいきち》という幼なじみに頼み、文之介と知り合うためにわざと因縁をつけさせた。

それをもめごとと見た文之介が、あいだに入ったのが知り合うきっかけだった。

その場には勇七もいた。

「ええ、あのときですよ」

勇七が文之介の考えを読んでいう。

「あっしはあのときお克さんを見て、これまで心で思い描いてきた人がついにあらわれたと思ったんです」

文之介はしげしげと見た。

「お克が思い描いていた人ねえ。おめえはつくづく変わった野郎だな」

「そんなこと、旦那にいわれたくないですよ。旦那はどうなんです」

「どうなんですってなにが」

「心のなかで思い描いていた人はいないんですかい」

お春がそうなのか、とも思うが、物心ついていた頃にはそばに常にいたから思い描いていた、というのとはちがう気がする。

「いねえな」

「旦那の場合、思い描く必要がなかった、ということですかね」

「そうじゃねえか」

「それは幸せなことなんですかね」

文之介は顎をなでまわした。

「どうなのかな。考えてみれば、不幸なことかもしれねえな。おめえがお克を見たような瞬間には永久に出会えねえ」

勇七が笑みを浮かべる。

「あっしはそうすると、とても幸せだったということになりますね」

「確かにな。でも不幸でもあるぜ」

お克の気持ちは勇七にはないのだから。

勇七がすぐに首を振った。

「あっしはお克さんに会うたび、幸せな気分に包まれますよ。ですから不幸なんてことはありません」

その夢見るような顔を見て、文之介はすまないとの思いにとらわれた。

勇七が気づき、せつなそうな表情を浮かべた。

「ああ、明日でしたね」

第二章　仕掛け財布

一

ぎらぎらしている。

いや、ぎとぎとしているといったほうがいいだろうか。

お克の化粧は相変わらずすさまじい。おしろいが顔中にまんべんなく塗られている。眉も太くくっきりと描かれている。口紅はいつもつかっている真っ赤なものではなく、橙がかっているようだ。

この化粧で外に出てこられるのはたいしたものだが、この女をずっと心に思い描いていたといってはばからない勇七も、やはりすごい。

鹿威《ししおど》しの音がきこえてくる。軽やかだが、どこか重々しさもあって気持ちを落ち着かせてくれる。

ここは、松島町《まつしまちょう》の松島稲荷近くにある料亭瀬川《せがわ》の離れだ。この町は四方を大名屋敷などの武家屋敷に囲まれているため、ほかの町地と異なり、ほどよい静謐《せいひつ》さが感じられる。

左手の障子はあけ放たれ、庭の木々の枝を揺らせて風が忍びこんでくる。木々の葉にばらばらにされた陽射しが畳に映り、それがさまざまに形を変えている。

実に心地よい座敷だが、文之介はさっきから息がつまってならない。お克も下を向いて、押し黙っている。

着物も派手だ。口紅に合わせているのか、橙が強調された小袖《こそで》である。

まだ料理はやってこない。店の者でも来てくれれば息が継げるのだろうが、まさかしばらく二人にしてくれ、とでもお克がいっているのではあるまいか。

そんな疑惑に文之介はとらわれた。

瀬川を選んだのはお克だ。文之介のような町方同心がおいそれと敷居をまたげる店ではない。

仕方なく文之介は茶を飲んだ。空だった。はっと気づいて、お克が膳の上にある急《きゅう》須《す》を差しだす。慣れない着物なのか、お克はどこか窮屈そうだ。

すまねえな。文之介は茶を注いでもらい、乾いた唇を湿した。

心中で首をひねる。どうして俺は緊張しているんだ。

「しかし、さっきからこいつ、うるせえな」

どこから入ってきたのか一匹の蠅《はえ》がぶんぶん飛びまわっている。蠅でも、この重い空気をやわらげるにはありがたかった。

文之介は何度かとらえようとした。しかしつかまえられない。

「くそっ、すばしっこいな」

お克がいつしか顔をあげていた。静かに笑っている。そのあたりには、大店の娘といった育ちのよさがあらわれている。

「さすがの文之介さまでも無理ですか」

文之介も歯を見せた。

「宮本武蔵《みやもとむさし》だったかな、いや、ほかの者だったかもしれねえが、箸で飛んでいる蠅をつかまえられたそうだ」

「まあ、箸で」

「俺など、そういう連中にくらべたら足元にも及ばねえな」

お克が背筋をのばした。そうすると、文之介と同じ目の高さになった。

やっぱりこの女、でけえな。

文之介は五尺五寸ある。こんなに背の高い女をほかには知らない。

「文之介さまは、真剣で戦ったことがおありですか」

お克は真摯《しんし》な光を瞳に宿している。場つなぎにきいているのではなさそうだ。

「刃《やいば》のついた真剣では一度もない。こいつなら、二度ばかりある」

文之介は横に置いた長脇差《ながわきざし》に触れた。

「相手は真剣だったのですか」

「そうだ」

お克が身を引く仕草をする。

「でも、大丈夫だったのですね」

「だからこうして生きていられるわけだ」

文之介は、高倉源四郎《たかくらげんしろう》という父を仇《かたき》として狙《ねら》った浪人と戦ったことを思いだした。

今思いだしても、あの秘剣を前によく生きていられた、と背中を冷や汗が流れてゆく感じがある。

「でもうれしい」

お克がぽつりという。

「こうして文之介さまとお食事ができるなんて……」

文之介は目を閉じた。そうすれば、若くてかわいい娘といるような気になる。といっても、お克の声はややしわがれてはいるのだが。

ぎゅるる、と腹の虫が鳴った。

お克が袂を口に当て、笑っている。文之介は苦笑いした。

「きこえちまったか。おそいですね、料理はまだかな」

「そうですねえ、おそいですね」

お克は右手の襖に目を向けた。そちらが入口になっている。

「もう来てもいいはずなんですけど」

それから風が庭の木々を、三度ばかり騒がしていったのち、入口のほうから女の声がきこえた。お待たせいたしました。

それからは料理が次々に運ばれてきた。

いずれも文之介の見たことのない料理ばかりだった。そばについた女中がいろいろと説明してくれたが、そうかい、とうなずくことしかできなかった。味など、さっぱりわからない。薄味で、いかにも高級そうだが、文之介には物足りない。

「お克、こういうもの、よく食べてるのか」

まさか、とお克が小さく手を振る。

「年に一度か二度ですよ」

「へえ、青山ほどの大店でもそんなものか」

「贅沢《ぜいたく》がしみつくとよくない、とおとっつぁんが口を酸っぱくしていってますから」

お克が顔を近づけてきた。

「そういうふうに子供の頃からしつけられてきました。ですから、どんなに貧しい暮らしでも耐えていけると思います」

文之介はぎょっとしたが、その思いを表情にはださない。この女は明らかに、町方役人の家に嫁してもやっていけるといっている。

おめえは一人娘じゃねえか、といいかけて文之介は口を閉じた。お克のことだ、そんなことをいえば、まず養子を取ってその後に嫁を迎える手はずにすでになっています、とでもいいだしかねない。

あるいは、文之介さまがどうしてもとおっしゃるんなら私、父親をきっと説き伏せてみせます。そして身一つで御牧家に嫁ぎます、くらいのことはいうだろう。

文之介は、お克の言葉に気づかないふりをして料理に箸をのばした。

そういえば、と豆腐のなんとか煮を口に放りこんで文之介は思った。勇七のほうも、今頃は弥生と会って食事をしているはずだ。

勇七は、昨日文之介がお克と食事をするのを思いだしたあと、あっしは弥生さんを明日誘いますよ、といったのだ。

勇七としては気を紛《まぎ》らわしたいのだろうが、そんな気持ちで誘われる弥生のほうもかわいそうな気がした。

それでも、弥生と向かい合わせで食事ができるというのは、いいなあ、と文之介はうらやましくてならない。

もっとも、勇七は勇七で、目の前にいるのがお克だったら、と今頃考えているにちがいない。

入れ替わることができたらいいのに、世の中は、そううまくいかない。

「お酒は召しあがりますか」

お克が気づいたようにきく。

「俺は昼間っからは飲まねえんだ」

文之介は勇七との約束を思いだしていった。

「そうですか」

「お克は飲めるのか。飲みたいんだったら、遠慮はいらねえぞ」

「いえ、私は下戸《げこ》なんです」

「そうなのか」

これは意外だった。うわばみ並みとはいわないまでも、かなりいける口ではないか、と思っていたのだ。

すべての料理が終わり、皿や器を女中が片づけていった。

「そういやあ、お克」

味がわからなかったとはいえ、満腹になって文之介は気分がほぐれてきている。

「絵を習っているっていったな。どんな絵なんだ」

お克が恥ずかしそうに下を向く。

「墨絵です」

「水墨画か。——そんなやつか」

文之介は床《とこ》の間《ま》にかけてある掛軸を指さした。それには、富士《ふじ》が描かれていた。

富士の前には霧がかかった幽谷。谷からわきだした霧が富士にかかって雲となって横に流れている。富士の頂を夕日が照らしだしているさまを、影をより濃く描くことであらわしていた。

「私はそんなにうまくは描けませんけど」

「しかしどうして絵を。好きなのか」

「子供の頃から好きでした。おとっつぁんも好きで。影響を受けたのだと思います。前からちゃんと習いたかったのですが、お客さまからいいお師匠さんがいるときかされて、つい半月ほど前から通いだしたんです」

「そうか。絵の師匠は男だよな」

お克がほっほっほと笑う。

「文之介さま、心配してくださっているんですか」

「そうじゃない」

「安心してください。女の人ですから」

「いや、だからそういうつもりできいたんじゃない。でも、女の師匠というのは珍しいんじゃねえのか」

文之介は茶托の湯飲みを取りあげた。

お克がじっと見ている。どこか思いつめた顔に見えた。

「どうした」

お克が立ちあがった。文之介さま、と腕をのばしてくる。

なにをする。茶が畳を濡らした。

お克が倒れこんできた。文之介はまともにお克の巨体を受けとめる形になった。

意外にやわらかい。娘のにおいがして、文之介は力が抜けかけた。

お克が体を動かしている。覆いかぶさろうとしていた。

「やめろ、お克っ」

思わず叫んだ。

「俺はでぶはきらいなんだ」

お克がはっとかたまる。文之介は下でじっとしていた。

お克も動かない。天井がおりてきたような重い空気が文之介たちを包んでいる。

文之介はなにかいおうとするが、言葉が出てこない。お克も無言だ。

鹿威しの音がした。お克が体をびくりとさせ、ゆっくりと動いた。

重みがなくなった。文之介はあわてて起きあがった。

正座しているお克は濃い化粧を通しても、青い顔をしていた。

「すみませんでした」

お克が深く頭を下げる。

文之介はなんといえばいいかわからない。とにかくまともにお克の顔を見られなかった。

文之介は立ちあがり、長脇差を手にした。腰にぐいと差す。

襖をひらいて、外に出た。樹間を抜けてくる風はさわやかだが、心は重い。

勘定《かんじょう》を払おうとする。

「いえ、もういただいております」

そういった女中が心配そうに見ている。お顔の色が悪いようですが。そういいたげだが、名店だけに口にするようにはしつけられていない。

文之介は水が撒かれた敷石を踏んで、料亭を出た。

お克のやつ、なんであんなことを。

首を振りつつ道を歩く。

勇七の顔が脳裏に浮かぶ。こりゃ明日、まともにあいつの顔、見られねえな。

まいったな。どうするか。どうすればいい。

この気持ちのままでいれば、勇七はなにかあったと察するだろう。なにがあったかまではさすがにわからないだろうが、近いことを心に描くのはむずかしいことではない。

俺が手ごめにされそうになったとは、まさかそこまでは考えないだろうが。

文之介は八丁堀の屋敷近くまで戻ってきた。

「文之介の兄ちゃん」

仙太《せんた》だった。ほかにも次郎造《じろぞう》、寛助《かんすけ》、松造《まつぞう》、保太郎《やすたろう》、太吉《たきち》といつもの顔がそろっている。

進吉《しんきち》もいた。ある事件で両親が殺され、孤児になってしまったが、今はろうそく問屋に引き取られ、そこの養子になっている。なに不自由ない暮らしをしているはずだ。

「おう、久しぶりだな」

文之介は無理に笑みをつくった。

「ねえ、なに暗い顔してるの。文之介の兄ちゃんには似合わないよ」

「そうか。まあ、ちょっとな」

「ねえ、これから遊ぼうよ」

文之介は空を見た。太陽は無邪気さを覚えさせるほど明るく輝いている。だがその明るさも、今の文之介にはうっとうしいものでしかなかった。

「まだたっぷりと遊べるよ」

進吉が元気よくいう。血色がよく、両親から大切に扱われているのがわかる。そのことには安心したが、文之介はそんな気分ではなかった。

「すまんな、今日は駄目なんだ」

「どうしてなの」

次郎造が不満げにきく。

「頭が痛いんだ」

これは嘘ではない。本当にずきずきしてきている。

「風邪なの」

「風邪じゃねえな。ただ、ちょっと体を休めたい」

「そう。じゃあ仕方ないね。お大事にね」

仙太はそういったものの、いかにも残念そうだ。

文之介はまた笑顔をつくった。

「次の非番の日だ。約束だ」

るように見える。

二

歩いてくる姿に精気は感じられない。まだ低い日の光を浴びて、影が力なくのびてい

「勇七」

文之介は声をかけた。

「ああ、すみません」

勇七が小走りに表門に駆け寄ってきた。

「待たせちまいましたか」

「いや、俺も今来たところだ」

文之介は勇七を見つめた。

「どうした、元気がねえじゃねえか」

勇七が見つめ返してくる。

「旦那こそ、顔色がよくないですよ」

そうか。文之介は手のひらでさすった。脂がつく。さすがに昨夜はよく寝られなかった。そのせいで体調がいいとはいえない。

「なにかあったんですかい」

勇七はうかがう目をしている。

「なにもねえよ。料理がうますぎて、ちょっと腹がびっくりしてる」

「どこで食べたんです」

文之介は答えた。

「へえ、松島町の瀬川ですか。さすがお克さんですねえ」

お克の名が出て、文之介は顔をしかめた。感触と重みがよみがえってくる。

「どうしたんです、そんな顔して」

「いや、なんでもねえよ」

「やっぱりなにかあったんでしょ」

勇七の瞳は真剣だ。

「なにもねえよ」

文之介は語気荒く繰り返した。

「すみませんでした」

勇七が謝る。

「いや、俺も怒鳴っちまったりして、すまなかった」

なんとなくぎくしゃくした感じで、二人は町廻りに出た。

「今日はどうするんですかい」

勇七の声はどこか遠慮がちだ。

「糸井屋に入った泥棒だな。それを調べるしかねえよ」

文之介の声も弾まない。

そんな調子だったから、一日がひどく長く感じられた。探索もうまくいくはずがなかった。

しかも途中、雨まで降ってきた。雨具の用意などない二人は、夕立のような土砂降りにずぶ濡れになった。

まったく踏んだり蹴ったりだな。

文之介は内心で毒づいた。お克さえあんなことしなかったら、こんな気まずい思いをせずにすんだのに。

雨はいっときのものにすぎず、すぐに空は晴れ渡ったが、濡れた体には風はやや冷たく感じられた。

暮れ六つ前に文之介は勇七に告げた。

「今日は、はやめに仕舞おう」

ふだんなら、まだ明るいですよ、これからがかんばりどきじゃないですか、というはずの勇七もなにもいわずにうなずいた。

奉行所に戻って上司の桑木又兵衛《くわきまたべえ》に今日の報告をし、同心詰所で日誌を書いた。文之介はさっさと屋敷に帰った。

居間にお春がいた。丈右衛門と将棋《しょうぎ》を指している。

「来てたのか」

文之介はお春にいい、盤面をのぞきこんだ。

「お春が有利なのか」

お春がにこっと笑う。真っ白な歯から光がこぼれるようで、文之介は胸がきゅんとした。ああ、かわいいなあ、と本気で思う。

「相変わらずね。将棋のこと、本当にわかってないでしょ」

「俺は並べるだけだ。お春が勝ちそうなんだろう」

「ええ、そうよ。将棋でおじさまに負けるはずがないもの」

盤面をにらみつけていた丈右衛門が肩の力を抜いた。

「まだ逆転はできるぞ」

お春が余裕の笑みを浮かべる。

「これからですか。無理ですよ」

「藤蔵《ふじぞう》相手なら何度も逆転したことはある」

「おとっつぁんは、手加減するからでしょう」

「お春はしてくれないのか」

「当たり前です。お金を賭《か》けていて、負けるわけにはいきません」

「いくら賭けているんだ」

文之介はたずねた。

「咎《とが》めるの」

「ただの興味さ」

「一朱よ」

「父上にはでかい金額だな」

「私にだって大きいわよ。たいしてお小遣い、もらっているわけじゃないんだから」

お春が口をとがらせる。そんな仕草にもかわいさが漂い、文之介は抱き締めたくなってしまう。

しかし、またもお克の重みが脳裏によみがえってきた。お春という女がいるのに、となんでもないまちがいをしでかしたような気分になってきた。

「どうしたの」

お春が怪訝《けげん》そうにきく。

「なんでもない。お春、飯は」

「支度してあるわよ」

台所のほうを指さす。

「給仕はしてくれないのか」

「してほしいの。ならちょっと待っててね。すぐに片をつけるから」

丈右衛門が、なにっという顔をする。

「おじさま、次の一手、まだ。文之介さんがおなかを空かせているんだけど」

丈右衛門がうむ、と大きくうなずいたあと金を取りあげ、お春の銀の真横に動かした。

「これでどうだ。急所だろう」

「おじさま、こんなのに引っかかるなんて、まだまだね」

お春が静かにいい、丈右衛門の金がいた場所に角を動かしてきた。

「王手」

高らかに宣する。むう、と丈右衛門がうなり声をあげた。

「待った、はありだったかな」

「なしです」

にべもなくいってお春が手を差しのべる。まいったな。そうつぶやいて丈右衛門は財《さい》布《ふ》を取りだし、一朱金を白い手のひらにそっと落とした。

毎度ありがとうございます。お春が一礼して立ちあがる。

「お春、次はその一朱、きっと返してもらうからな」

お春がうれしそうに笑う。

「返り討ちにして差しあげますわ」

この前と同じように台所から膳を持ってきてくれた。

文之介は膳の前に座り、黙々と食べた。

「ねえ、おいしい」

お春がのぞきこんでいる。

「どうしたのよ。さっきから話しかけているのに、心ここにあらずって感じよ。ねえ、なにかあったんじゃないの」

「なにもないよ」

「昨日は非番だったわよね。なにしてたの」

「出かけてた」

「どこへ」

「忘れた」

「女の人でしょ」

文之介はどきりとした。さすがにお春だ。

「非番の日に一緒に出かけられるような女なんていねえよ」

食事を終え、文之介は送ってゆくためにお春とともに道を歩きだした。

「ねえ、やっぱりなにかあったんじゃないの」

「なにもねえよ」

うしろでお春は首をひねっている。

「おかしいわねえ。きっとなにかあったはずなのよ」

「眉間にしわが寄っているのか」

「ええ」

文之介は触れてみた。やはりわからない。

「なあ、きいたか」

「なんのこと」

「お知佳さんのことだ」

「きけないわよ」

「どうして」

「どうしてもよ。ききたかったら、文之介さんがじかにきけばいいじゃない」

「俺がきけるわけ、ねえだろう」

「私も同じよ」

お春を三増屋に送り届けた文之介は、家路をたどりはじめた。

「でぶはきらいなんだ」

不意に脳裏によみがえってきた。

文之介がいい放ったあとのお克のなんともいえない寂しげな顔。どこか悲しげでもあった。

あの表情はいったいなんだったのか。そしてお克はなぜあんなことをしたのか。

文之介はどうにも解せない。

三

「糸井屋が泥棒に入られました」

朝日が、息を弾ませている勇七の足元に射しこんでいる。文之介の屋敷の玄関は、そのおかげでまぶしいほどに明るい。

「勇七、そんなのはいうまでもねえよ。今、その探索をしてるところじゃねえか」

「ちがうんです。また入られたんですよ」

「また、ってまたか」

「はい、二度目です」

信じられなかった。同じ商家が二度も入られるなど。しかもあれから何日もたっていない。正確にいえば五日前だ。

文之介はすばやく身支度をととのえ、勇七をしたがえて糸井屋に急行した。

店に入る。土間で番頭の石蔵がしょんぼりしていた。横に手代の沖助がいるが、同じように悄然《しょうぜん》としている。

「ああ、これはお役人。さっそくのお越しありがとうございます」

力なくいって石蔵が頭を下げる。沖助もふにゃりとこうべを垂れた。

「いや、そんなのはいいが、今度はいくらやられたんだ」

「二十五両です」

「金策でととのえた金か」

「はい、その通りで」

石蔵の顔は苦渋に満ちている。

「さすがにこれはまずいです。商いにまともに影響します」

「おめえのその顔色を見れば、よくわかるよ」

「今度は潰れてしまうかもしれません」

「おいおい、滅多《めった》なこと、いうんじゃねえよ。言葉にすると、本当にそうなっちまうことってあるんだぜ」

「いわずとも同じような気がします」

「金はどこにしまっていたんだ」

「蔵です。ご案内いたします」

文之介と勇七は、石蔵のあとにしたがって屋敷の中庭に出た。

そこには石造りの立派な蔵があった。

「これを破られたのか」

「破られたと申しましょうか……」

石蔵が苦しげにいう。

文之介は扉に歩み寄った。いかにも頑丈そうな錠がつけられているが、そこには鍵《かぎ》が
しっかりと差しこまれていた。

「この鍵は」

文之介は引き抜いた。

「文机《ふづくえ》の引出しにしまっておいたものと」

「なんだと」

文之介は石蔵に顔を振り向けた。勇七も同じように石蔵を見ている。

「その文机はどこに」

「あるじの部屋です」

「達吉か。どうしている」

「臥せっていますが、目は覚ましています」

「話ができるか」

「ええ。もう盗みに入られたことも話しましたし」

文之介は勇七とともに達吉の部屋に向かった。

襖越しに声をかけると、しわぶきがまずきこえた。それから、どうぞ、お入りになってください、といってきた。

文之介は襖をあけた。達吉が起きようとしている。そのままでいい、と声をかけたが、達吉は、今日は調子がいいものですから、といって上体を起きあがらせた。薄い綿入れを羽織っている。

文之介は達吉の正面に座りこんだ。勇七はこの前と同じように廊下に控えた。

「災難だったな」

「ええ……」

それ以上は言葉が続かないようだ。

「鍵が入っていたのはその文机か」

文之介は指さした。部屋の隅、南側に向いた窓の下にかなり大きな文机が置いてある。

「ええ、そうです」

達吉は苦い表情で首を縦に振った。

「眠りは浅いのですが、忍びこまれたのにはまったく気がつきませんでした」

「鍵をしまっていたのはどの引出しだ」

「二番目です」

「それを知っている者は」

「手前に石蔵と沖助です」

「ほかには」

「いえ、おりません」

達吉は目を鋭くさせた。

「お役人は、やはり二人を疑っていらっしゃるんですか」

「疑うとかそういうのじゃねえな。一人ずつ徐々に消してゆくということだ」

「なるほど」

達吉が畳をじっと見る。

「お役人、この畳、古いでしょう」

「そのようだな」

「お金がないんで、替えられないんですよ」

そんなこともあるまい、といいかけて文之介は口をつぐんだ。十分あり得る話だ。

「ですからこの畳、歩くと、ぎしぎしいうんですよ」

文之介は立って、試しに歩いてみた。確かにそういう音がした。

「けっこううるさいな」

文之介はもとの場所に座った。

「でしょう。その文机の前は特に音が大きいんです。もしあの二人が鍵を持っていったとしたら、この音で手前は必ず目を覚ましたと思うんです」

「おめえ、食事はどうしている」

「ここでとっています」

「厠《かわや》は」

「もちろん一人で行きます。お役人は手前がこの部屋をあけたときに、二人のどちらかが忍びこんで持っていったのでは、とお考えなのですか」

「そうだ」

「昨夜、就寝前に確認しました。これはいつものことで、習い性になっているんですが。鍵は確かに、その引出しのなかにありました」

「しまわれていた鍵はこいつかい」

文之介は懐から鍵をだし、達吉に見せた。達吉が手に取り、あらためる。

「ええ、さようです。ここに小さく傷が入っているでしょう。これが証になります」

合い鍵をつくられたのでは、と文之介は考えたりもしたが、実際に文机から盗みだされた鍵がつかわれている。

「ああ、そうだ。ききたいことがあったんだ」

達吉は、なんでしょう、という顔を向けてきた。

「算之介という丁稚を覚えているか」

「さんのすけ……ですか」

「ああ、十年ほど前にこの店に奉公していたはずだ」

達吉は以前の奉公人の顔を、綱《つな》をたぐるようにして思いだそうとしている。

「ええ、確かにおりました。算之介がなにか」

「今、どこにいるか知らねえか」

「いえ、存じません」

達吉は即座に首を振った。

「算之介の名は、なにしろ久しぶりにききましたし」

「どこへ行ったか心当たりもねえか」

いわれて達吉が考えこむ。

「お役人は、算之介がどういう理由で放逐されたのか、もうご存じなんですね」

「そういうこった」

「手癖の悪い男でしたね」

むしろなつかしむような口調でいう。

「あの男を雇ったのは、口入屋の紹介でしたね。最初は受け答えもよく、いい子が来たな、と思っていましたが、すぐに化けの皮がはがれました。あれは盗むことに楽しみを覚えるたちでしたね。天性のものだと思います。そのことを、雇う前に見抜けなかった手前も愚かでしたが」

達吉が咳きこむ。顔が真っ赤になった。文之介はうしろにまわり、背中をさすった。

「ありがとうございます」

丸めた背をのばして達吉がいう。

「楽になったか」

「はい。もう大丈夫です。お役人にそこまでしてもらうなど、もったいないことで。どうもありがとうございました」

「だいぶ重いのか」

「ええ、くたばるのもそんなに遠いことではないでしょう」

「そんなことはないと思うぞ」

文之介は力強くいった。

「おめえの目はまだ死んでねえ。わしの目の黒いうちは、なんてよくいうが、俺はその言葉は正しいと思っている。おめえの目の玉は黒い。だからまだ大丈夫だよ。安心しな」

達吉が微笑する。

「旦那はおやさしい人ですねえ」

文之介もにっこりと笑った。

「やっと旦那と呼んでくれたか」

「ああ、そうでしたね。やっぱりそのほうがうれしいものなんですか」

「そういう呼ばれ方をするにはまだけつが青いのかもしれねえが」

ひとしきり笑ってから、達吉が真顔に戻った。

「算之介のことでしたね。あの男、孤児というのはまずまちがいないものと。よく口にしていたのは、上方《かみがた》に行ってみたい、ということでしたかね」

「京《きょう》にでも憧《あこが》れがあったのかな」

「かもしれません。あの口ぶりですと、多分この店を出ていったあと、行ったのでは、と思うのですが」

向こうに住み着いているのか。だが、江戸に舞い戻ってきたということも考えられないではない。

もともと京などはよそ者に対して冷たいときく。職人で京に修業に出た経験のある者を文之介は何人か知っているが、その誰もが京者の冷たさを口にする。あれは旦那、きついなんてものじゃありませんよ。なかなか耐えられるものでは。

もちろん算之介が上方に行ったとは限らない。仮に行ったとしても、上方で技を身につけるだけの我慢強さがあるとも思えない。

文之介はこれで引きあげることにした。

「旦那は、算之介が盗んだと」

「いや、わからねえ。これもなんでも疑う定町廻り同心の性《さが》さ」

文之介は立ちあがった。

「では、これでな。盗っ人は必ずつかまえるよ。金もつかわれねえうちに取り戻したいと思っている。ゆっくりやすんでくれ」

廊下に出て、襖を閉めた。

勇七とともに店のほうへ行く。土間におりた。

石蔵と沖助が寄ってきた。

「旦那さまはなにか申していましたか」

文之介はいや、といった。

「おめえたち、算之介という丁稚を覚えているか」

「さんのすけ、ですか」

「ああ、いましたね」

沖助が手のひらを拳《こぶし》で叩く。

「盗みをはたらいて、店を追いだされたやつですよ」

「ああ、いたねえ」

石蔵が相づちを打つ。

「お役人は、あの算之介が今度の件に関係していると」

「考えられねえでもねえな」

「でしたら、是非ともとらえ、お金を取り戻してください」

お願いします、と懇願された。

「同業者や暖簾わけした者から援助を受けられねえのか」

「手前どもがこの四日、金策に走ったのはそういう者たちばかりです」

「それも旦那さまに隠れるようにしてです」

沖助が言葉を添える。

「どうしてだ」

あるじの達吉は、人の援助など受けるたちでは決してない。そんな施《ほどこ》しに近いようなものを受けるのなら、さっさとこんな店など潰したほうがいいと考えているという。

「薄々、手前どもがしていることに感づいているようなのですが」

文之介は背後に気配を感じた。さっと振り向く。奥の暖簾から顔をのぞかせて達吉が立っていた。

「やはりそうだったのか」

顔を紅潮させている。

「二十五両もの金がどこにあるのかと思っていたが、おまえら、そういうことをしていたのか」

「旦那さま。申しわけございません。でも、店を救うためにはこうするしか」

石蔵が必死にいい募る。

「うるさいっ」

暖簾を払うと土間におりてきて、病人とは思えない迫力で怒鳴りつけた。

「そんな物乞いのような真似《まね》をして、恥ずかしいとは思わんのか。いいか、この店が潰れるのはときの流れだ。そりゃ、わしの代で潰すのは心苦しいし、悔しい。だが、店が潰れるのは、もう役割を終えた、とときが申しておるからだ。寿命に逆らって生きながらえることはできん。このわしと同じようにな」

肩で大きく息をつく。

「わかったか。わかったら、もう二度と無駄なあがきはせんことだ」

「あの主人、迫力ありましたねえ」

道を歩きつつ勇七がいう。

「まあな。さすがに百年以上も続いた老舗のあるじだけのことはある。多くの者に暖簾わけしたことで、役割を終えたというのもわからんではないが、伝統のある店しか持てないものもあるからな、いつまでも続いてほしい、と俺たちだって思うよな」

「まったくですねえ。でもあのままだと確実に潰れてしまうでしょうねえ。救う方策はないんですかね」

「賊をとらえて金を取り戻す。俺たちができるのはそのくらいだろ」

「そうですね。老舗を救うためにもここはなんとか旦那、がんばってください」

「おう、まかしておきな」

「旦那は、算之介の仕業と考えているんですか」

「正直いえば、わからねえ、といったところだ」

それは文之介の正直な気持ちだ。文之介は勘で、算之介ではないか、と思っているだけだ。なにしろ算之介はここ十年、誰もが顔を見るどころか、消息をきいたこともない男にすぎない。

道行く町人たちが文之介を認めて、小さく会釈しつつ通りすぎる。

文之介は顎をなでまわした。

「もし算之介の仕業だったら、やつは放逐されたのをうらみに思ってやっていることになるんだよな」

「そういうことでしょうね。糸井屋を潰したくなるほどうらんでいる、ということになるんでしょう」

「だが、どうして十年待ったんだ」

「そうですねえ。腕を磨いていたのかもしれないですよ」

文之介は振り向いた。

「そりゃつまり、盗っ人としての腕を磨いていたと」

「そうです」

考えられないことはない。いや、むしろそう考えるのが自然のように思えてきた。達吉がいっていたように、天性の手癖の悪さ。それを活かすには盗っ人になるのが最もいい。

「勇七、その考え、もらったぜ」

「お役に立ちそうですかい」

「もちろんだ」

文之介が断言すると、勇七はうれしそうな顔をした。

その顔を見て、文之介は喜びがわきあがると同時に、またせつなさが戻ってきたのを覚えた。

くそっ。せっかく忘れていたのに。

文之介は顔を前に向けた。

「勇七、もう昼だな。腹は減ってねえか」

「ええ、減りましたね」

「うどん屋にしよう」

文之介は足早に歩き、名もないうどん屋の暖簾を払った。

「おや、旦那、くたびれた顔をしてらっしゃいますね。なにかあったんですかい」

親父が厨房から笑いかける。

「女のことじゃないんですかい」

文之介はずばり見破られて、あわてた。しかし勇七に狼狽《ろうばい》を見せたくはなく、無理に笑顔をつくった。

「女のことじゃ、いつも悩んでいるよ、なあ、勇七」

「まあ、そうですね」

「なんだ、勇七さんも同じような顔、しているじゃないですか」

「あっしも悩みは深いんですよ」

「お二人とも若いってことですよ」

親父が笑い飛ばす。

「さっそく召しあがりますか」

「ああ、冷たいのを二つ頼む」

文之介たちはまだ誰もいない座敷に腰をおろした。

「糸井屋の盗っ人のほうはいかがです」

厨房から親父がきいてきた。

文之介は、算之介のことを話した。

「ほう、そんな者が。勘がそいつだ、といっているんですね。でしたら、その丁稚だった男に的を定めて捜すのがよろしいんじゃないでしょうかね。旦那のような代々お役人をつとめているお方の勘は、ほかの者とは明らかにちがいますよ。信じて動くのがいい、とあっしは思いますね」

文之介は、この親父の言葉に元気づけられた。そうすることを心に決めた。

親父がさらに続ける。

「あっしのほうでもその算之介とかいう男のこと、気にかけておきますよ」

四

とろりとした甘みが喉を通りすぎてゆく。口のなかから鼻にすうっと抜けてゆく香りがたまらない。

丈右衛門は、しばし放心するような思いだった。

「おい、どうした」

又兵衛が声をかけてきた。

「気を失ったように見えるぞ」

丈右衛門は目の下を指でこすり、向かいに座る又兵衛を見直した。

「いや、本当に気を失っていたのかもしれん。それだけこの酒はうまい」

「気に入ってくれたか。連れてきた甲斐《かい》があったというものだ」

又兵衛にいわれ、丈右衛門はあらためて店内を見まわした。

はじめて来た店である。酒は丈右衛門が誘ったのだが、又兵衛が、それならいい店がある、とここにやってきたのだ。

煮売り酒屋というにはつくりが高級すぎるし、料亭というには格式らしいものはほとんど感じない。とにかく肩の凝らないつくりだ。

店は白石《しらいし》といい、南北に長い大富町《おおとみちょう》の北側に位置していた。三十間堀《さんじっけんぼり》が八丁堀《はっちょうぼり》に合流する真福寺橋《しんぷくじばし》のそばだ。

広い表通りより河岸のほうに近いこともあって、人目につきにくいのは事実だが、定町廻りを長年つとめてきてこれまで知らなかったというのは信じられなかった。迂闊《うかつ》だった、としかいいようがない。

「おぬしが知らんのも無理はない」

又兵衛が丈右衛門の心を読んでいう。

「この店は去年、はじめたばかりなんだ」

「だがそんなに新しくはないようだが」

「もともとはさる商家の別邸だった。それが売りに出た。買い取ったあるじが改築して、こういう店にしたんだ」

料亭とも煮売り酒屋とも、どっちつかずの感じを与える理由がそれで理解できた。それでも中途半端な雰囲気はなく、ふっと息抜きのできる居心地のよさに満ちている。

「別邸といったが、どこのだったんだ」

「去年、火事で焼けた呉服屋だ。新関屋《にいぜき》という店だが知っているか」

「ああ、名だけはな。それじゃあ、店を建て直すための金が必要になって――」

「そういうことだ」

「だが、いい店だな」

丈右衛門はあらためて見渡した。

「ゆったりとしたつくりになっているのがいいだろう」

「うむ。とても落ち着ける」

「あるじの腕もいいんだ。前は名のある料亭で働いていた。その後、独り立ちして、よそに店を持っていたんだが、もっと大きな店で勝負したくてこっちに移ってきたそうだ」

「腕のよさはこの酒一つ飲んでもわかる。いい料理人は酒の目利きでもなくてはな」

うなずいて又兵衛がちろりを傾ける。丈右衛門は杯で受け、注ぎ返した。

「文之介は一昨日非番だったよな。あいつ、なにをしていた」

又兵衛が杯を空にしてきく。丈右衛門はすぐに酒を満たした。

「昼前から出かけたな。帰ってきたのは八つすぎか。ずいぶん暗い顔をしていた」

「暗い顔なら今朝も同じだった。ということは、一昨日の九つから八つまでの一刻のあいだに、あいつの身になにかあったということだな」

又兵衛が豆腐をつまむ。甘くてうまいな、とつぶやく。

「女のことだろうな」

丈右衛門は確信を持って口にした。

「わしもそう思う。袖にされたかな。文之介は、お春という娘に惚れているんだよな」

「いや、お春は関係ないな」

丈右衛門は即座に否定した。

「お春なら一昨日の昼すぎに屋敷に来た。それからずっとわしと将棋を指していた」

「だったら女絡みではないのか」

「いや、女だろう。もしかしたら勇七も関係しているのかもしれん」

「勇七が。どういうことだ」

「勇七の惚れている女が文之介に惚れていて、そのことをなんとかしようと思ったが、うまくいかなかったとか……」

丈右衛門は口をつぐみ、苦笑した。

「いや、そんなことはどうでもいいな。女のことで悩むのも、若いうちだけだ」

「そうなのかな」

又兵衛が意味ありげな笑いを漏らす。

「なんだ、思わせぶりだな」

「おぬしも悩んでいるのではないのか」

丈右衛門は眉をひそめた。

「そんな険しい顔をしなさんな。そう、お知佳さんのことだよ。どうしているんだ。会っているのか」

丈右衛門は平静な表情をつとめた。

「元気にしている。長屋の者たちに囲まれて、幸せそうだ」

「ということは、会ったばかりなんだな」

丈右衛門は苦笑した。

「まあな。ついこないだだ」

「子供のほうは元気か」

「お勢ちゃんか。ああ、とても元気だ」

又兵衛が見つめてくる。

「一緒になるのか」

「まさか。歳がちがいすぎる」

「でもおまえさん、惚れているんだろう」

馬鹿な、といおうとして丈右衛門はとどまった。その気持ちだけは否定できない。

「どうなんだ」

又兵衛が問いつめる。

「わしのことなどどうでもいい。おまえさんこそどうなんだ」

「どうなんだ、というのはなんだ」

「妾がいるという噂をきいたが」

又兵衛が酒を噴きだしそうになった。

「ば、馬鹿を申すな。誰がそんな噂を流したんだ」

「歳の頃なら二十五、六。見目麗しい年増のもとにいそいそと出かける姿を目にした者がいる」

息をのんで又兵衛がつまる。

「だ、誰が見たというんだ」

「実はわしだ」

丈右衛門がにっこりと笑った。

「誰にも話しておらんから、安心してもらっていい。むろんお磯《いそ》どのにも」

お磯というのは、又兵衛の妻だ。

「あれは誰だ」

又兵衛がごくりと喉仏《のどぼとけ》を上下させる。

「いわなきゃまずいか」

「いや、無理強いはせんよ」

「そうか、助かる。あの女のことは、いずれ話をさせてくれ」

「承知した」

丈右衛門と又兵衛は二人して喉の渇きを酒で癒した。

「文之介だが、今はなにを調べているんだ」

丈右衛門は又兵衛にきいた。

「盗っ人のことを調べている」

又兵衛がこれまでどんなことがあったのか、きかせてくれた。

「正直、探索はあまり進んでいるとはいいがたい」

「それにしても糸井屋か。老舗の瀬戸物屋だが、二度も盗っ人に入られたのか」

「なにか裏があるのでは、という顔だな。文之介はいちはやくそのことに気がついて、いろいろ調べている。そのうち手がかりを見つけてくるだろう」

又兵衛が笑いかける。

「――盗っ人といえば、その昔、おまえさん、見逃したことがあるな」

丈右衛門は驚いた。

「知っているのか」

「当たり前だ」

なめるな、というように又兵衛が笑ってみせる。

「どうして咎めなかった」

「わしもそうしたほうがいいのでは、と思ったからだ」

又兵衛が顔を引き締める。

「今、なにをしているんだ、あの男」

「さあ、どうしているやら。孫でも抱いているんじゃないのか」

又兵衛が目を見ひらく。

「あいつ、女房がいたのか」

「あのあと、めとったときいた」

「そうか。……だが、もうあの男に孫ができるほど昔のことか」

又兵衛が遠くを見る目をする。

「お互い歳を取るわけだな」

「おまえさんも白髪が増えた。だが、歳の割に若いがな」

「そうかな。あまりいわれたことがない。おぬしこそ若いぞ」

「ふむ、それはよくいわれる」

又兵衛がしみじみと見やる。

「そのあたりの遠慮のないところは、文之介がしっかりと受け継いでいるな」

「そうかな」

「そうさ。文之介は、若い頃のおぬしにそっくりではないか」

「冗談ではない。わしはあんなお調子者ではなかった」

「落ち着きが出てきたのは、三十をすぎてからではないか。今の文之介の頃には、女のけつを追いかけまわしていた」

「つき合いが古いというのも、こうしてみると考えものだな。こちらが思いだしたくないことまで、覚えている」

丈右衛門は杯を口に持っていった。静かに膳に置く。

「おまえさんに頼みごとがある」

「なんだ、そんなにかしこまって」

「今日、ある者がわしを訪ねてきたんだが」

丈右衛門は切りだした。

きき終えた又兵衛が苦笑気味にうなずく。

「わしを飲みに誘ったのは、その頼みごとがあったからか」

五

両手をぎゅっと握り締めた。

そこにはふくらみきった財布がある。あまりに大きくて、両手におさまりきらないほどだ。財布というより、財布の形をした大きめの袋といったほうがいい。

糸井屋の手代沖助は人けのない路地に入り、財布の中身をあらためた。

ずしりと重い。

中身は九十六両。何度も数えたからまちがいない。

小判がほとんどで、あとは一分金や一朱金が入っている。金も、百両近くあるとここまで重いのだ。

どうするかはもう決めてある。自身番や番所に届け出ようとは思わない。今のところ、その気はまったくなかった。

沖助は財布を懐にしまいこんだ。それだけで腰のあたりがどっしりとしたような気分になる。ただし、足のほうはふらふらと綿《わた》でも踏んでいるような心許《こころもと》なさがあった。

路地を出て、店のある南本所石原新町を目指して歩きだす。

胸がどきどきしている。これだけの大金を持つのがはじめてだからだ。

風が強い。細身の沖助は強風にはいつも飛ばされそうになるが、今日はその心配はいらない。

それでも、はやく店に着きたくてならない。あと十町ほどだが、道は果てしなく遠く感じられた。

うしろから足音がした。はっとして振り返る。五、六名の子供たちがうしろから歓声をあげて、追い越してゆく。

ほっとしたが、沖助は懐をぎゅっと押さえた。誰にも奪われてたまるか。

これは店を救う金なのだ。

石原新町の木戸をくぐる。自身番につめている町役人が挨拶をしてくる。できるだけ平静を装って沖助は返した。

あと半町ほどだ。しかし遠い。またまわりを見渡した。

誰も自分のことを気にしてなどいないように思えるが、反対に誰もが懐に大金を隠し持っているのを知っているように思える。

まだ着かないのか。

沖助は苛立《いらだ》った。さっきから店に近づいた気がまったくしない。

ようやく到着した。暖簾を払う。汗が一杯だ。店には客は一人としていない。

寂しい光景だが、今はその空虚さがありがたかった。

右手の勘定場に番頭の石蔵がいない。

あれ。

不安が胸に渦巻く。

沖助は上にあがり、廊下につながる奥の暖簾をくぐった。

「番頭さん」

小さな声で呼んだ。

番頭の石蔵が廊下を歩いてきた。

「おう、帰ったか」

「どこへ行ってたんです」

「厠だ」

沖助は、懐から財布を取りだした。

「見てください」

石蔵が手に取り、じっと目を落とす。

「九十六両入ってます。拾ってきました」

「……そうか」

それしか石蔵はいわない。

「よし、旦那さまに見せよう」

二人は廊下を歩き、達吉の部屋の前まで来た。なかに声をかける。

「お入り」

二人は、失礼いたします、といってあるじの前に進んだ。正座する。

「どうした、二人ともそんなにかたい顔をして」

「これをご覧になってください」

石蔵が九十六両入りの財布を見せる。

「なんだ、これは」

沖助はわけを語った。

きき終えた達吉の顔色が変わる。夕日にでも照らされたように真っ赤になっている。

「どうして持って帰ってきたんだ。とっとと番所に届けねえか」

「でも旦那さま。九十六両ですよ。これがあれば……」

ばしん。部屋のなかに重い音が響いた。病人とは思えない力で顔を張られた沖助は畳に倒れこんだ。

「馬鹿野郎。そんな金で店を立て直したからって、もう二度とお天道《てんと》さまに顔向けできねえじゃねえか。とっとと届けてこい。落とし主だって弱り果てているだろう」

「はい……」

沖助は頬を押さえつつ座り直した。

「しかし九十六両もの金、落とすなんざ、落としたほうもとろいな」

達吉がはっとする。じろりと沖助をにらみつけた。

「――まさかおめえ、盗んだんじゃあるめえな」

「そんな」

沖助はあわてて手を振った。

「そのような真似は決していたしておりません」

「だが、これだけの重みだ、落として気がつかねえはずがねえ」

「本当に拾ったんです」

「説明しろ」

わかりました。沖助は息をのみこんでから、どういうことだったのか話した。

「山岡《やまおか》さまのところに三両の集金がありまして」

山岡というのは番町《ばんちょう》に住む旗本《はたもと》だ。禄は六百石。当主は使番《つかいばん》をつとめている。古くからつき合いのある旗本で、ずっと贔屓《ひいき》にし続けてもらっている数少ない得意先だ。

沖助は店の財布を懐からだし、石蔵に預けた。

「三両入っています」

「ご苦労だった」

「山岡さまのことはいい。とっとと話を進めな」

達吉にいわれ、沖助はうなずいた。

「そのついでといってはなんですが、赤坂《あかさか》の三浦《みうら》さまのところにご機嫌うかがいに行ったのです」

三浦というのも旗本で、これも古くからのつき合いだ。ただ、最近はあまり注文をくれなくなっている。

「三浦さまか。あの家はもう駄目だな。よそに乗りかえられちまったんだろう」

達吉が少し悲しげにいう。

「それで」

「はい、赤坂新町《しんまち》一丁目に入ってしばらくしたときです。そこで町人同士の喧嘩《けんか》があったのです」

沖助は興味を惹《ひ》かれて見に行った。

喧嘩をしている町人は二人とも、商家の奉公人らしかった。もみ合っただけでたいした喧嘩にはならず、二人はお互いをけなしつつ、道の両側にわかれていった。

なんだい、たいしたことなかったな。

物足りなさを覚えつつ、沖助は道を急ごうとした。

「そのときです。道端に財布が落ちているのに気づいたのです」

「それじゃあ、喧嘩の最中に弾みで落ちたってことか。なんでそのとき二人をすぐに追わなかった」

「いえ、手前が気づいたときにはもう二人とも姿が見えませんでした」

そうか、と達吉は疲れたように口にした。

「わかった。とにかくはやいとこ番所に行ってこい」

勇七とともに番所に戻り、文之介は表門をくぐろうとした。

「あの……」

横合いから夕闇《ゆうやみ》を破るように声をかけてきた者があった。

見ると、糸井屋で手代をつとめている沖助だった。

「おう、おめえか」

文之介は、すまねえな、といった。

「まだ盗っ人のほうの目鼻はついちゃいねえんだ」

「いえ、そのことでまいったわけではございません」

「なんだ、なにか用か」

沖助が懐をごそごそやる。取りだしたのは、ずいぶん重そうな財布だ。

「これを届けにまいりました」

「届けにだと。拾ったのか」

「はい、そういうことで」

「いくら入っている」

沖助が伝える。

「そんなにあるのか」

目をみはって文之介は財布を受け取った。

「さすがに重てえもんだな」

口をあけ、なかをのぞきこんだ。

「こいつが二十五両入りの包み金、ていうやつか。本当にきれいに包んであるものなんだな。ほれ、勇七、見てみろ」

文之介は三つあるうちの一つを取りだした。

「これだけで二十五両だぜ。目が潰れちまいそうな神々しさだな」

「係のお方のところへ連れていっていただけないでしょうか」

沖助が声をだす。

「あの……」

「ああ、そうだった。ちょっと夢中になっちまった。――勇七、今日はこれで終わりだ。ご苦労だったな」

「では失礼します」

奉行所内の中間長屋のほうに帰ってゆく勇七を見送ってから、文之介は沖助を連れて、表門脇にある同心詰所入口を入った。

沖助に係の者を引き合わせる。

「ほう、九十六両ですか。そりゃまたすごい大金ですね」

係の者も色めき立った。

「でも今のところ、落としたっていう届け出はないですねえ」

「へえ、そんなものですか」

文之介は首をひねった。

「これだけの大金、落としたことにまだ気づいてねえなんてこと、あり得ねえと思うんだけどなあ」

まさか、と思って文之介は沖助を見た。糸井屋は二度も泥棒に入られて、台所事情がひどく苦しくなっている。

沖助は文之介の考えを読んだようだ。

「いえ、手前は盗んでなどいやしません。本当です。信じてください」

文之介は小さく笑みを見せた。

「そうだよな。だったら届け出るはずねえもの」

この一件はかなりの高額ということで、又兵衛のもとに知らせが行った。

翌朝、町奉行の名のもとに奉行所前に高札《こうさつ》が立てられた。

それには、大金の入った財布を拾ったとの届け出があり、心当たりの者は南町奉行所まで申し出るように、という意味のことが記されていた。

六

高札が立てられたその日、心当たりがあるという者が押し寄せてきた。

しかし、財布の中身をいいあてることができず、どこでどういう状況で落としたのか、説明することもできず、一人として財布の持ち主として認められなかった。

太陽が西の空にあと半刻ほどで没するという頃、あるじに番頭、手代という三人組が南町奉行所にあらわれた。

三人は呉服屋の島田《しまだ》屋の者、と名乗った。そして、財布を落とした者です、と続けたのだ。

係の者は、また金目当てのものか、と思ったが、三人の身なりはこれまでやってきた者とは一線を画していた。

それに、実際、赤坂新町一丁目の自身番から、財布を遺失した旨《むね》の届けが今朝《けさ》、出てきていた。

これはもしかすると、という思いを係の者は抱き、南町奉行に伝えた。信ずるに足る者があらわれたら、必ず連絡するようにいわれていたのだ。

南町奉行が座り、又兵衛はその横に控えた。目の前に三人が連れてこられている。

ここは奉行所内の一室だ。

三人は、目の前にいるのがお奉行であると又兵衛から教えられて、仰天《ぎょうてん》した。すぐにあわてて平伏する。

「そんなにかしこまらずともよい」

奉行がやさしくいう。

「さて、おぬしたち、この九十六両の持ち主ということで名乗り出たそうだな」

「はい」

「財布は落としたのか」

「はい」

あるじが答える。

「誰が落とした」

手代だった。

「委細を申せ」

すぐさま手代が説明する。

赤坂に集金に行った帰路、肩があたったあたらないで自分と同じような商家の手代らしい者といい争いになった。もみ合う形になったのだが、すぐにあいだに入ってくれた人がいて、たいした喧嘩にならずにすんだ。

「それでも腹の虫がおさまりませんで、捨て台詞《ぜりふ》を吐きながら、手前は歩きだしたのです。最初は怒りのほうが強くて気がつかなかったのですが、ほんの半町も行かないときにそれまで懐にあった重みがすっぽりと消え失せていることがわかったのです」

さっきもみ合ったときだ、とさとり、あわてて戻ってみたのだが、財布はどこにも見当たらなかった。

「あまりのことに手前は愕然《がくぜん》とし、このまま店に戻らず、死のうとまで考えました」

いや、死ぬのはいつでもできる、今はお金をなんとか取り戻すことに力を傾けるときだ、と思って死ぬのはやめたという。

「赤坂新町一丁目でした。その場で自身番に届けをだしました」

「思いつめた様子で店に帰ってきたので、問いつめたところ、そういう仕儀《しぎ》になっておりまして」

いかにも世慣れた様子の番頭が口を添える。

「そして今日になって、御番所の門前に高札が立てられているのを知り、急ぎ参上した次第です」

これはあるじがいった。

奉行が、ふむ、と口のなかでつぶやく。

「筋は通っているようじゃな」

又兵衛に同意を求める。

「御意《ぎょい》」

再び奉行がたずねた。

「財布の中身を申してみよ」

はい、と手代がいい、唇を湿らせた。

「二十五両入りの包み金が三つで、計七十五両。あとは十三両が小判で、六両が一分金、二両が一朱金。そのほかに二十文が入っていました」

「ほかにはなにか入っているか」

「一通の書状です。納品した物の受け取りです」

奉行がうなずく。

「財布だが、根付《ねつけ》は」

「ございました。狛犬《こまいぬ》です。かなり名のある職人の手によるもののようで、精巧な細工《さいく》が施されています」

「それは、とある職人に手前がつくらせたものにございます」

あるじが言葉を添える。

奉行が今度は深々と首を上下させた。

「又兵衛、まちがいないようじゃの」

「はい、そのようです」

誰が見ても、この三人に怪しいところはない。

「その九十六両だが、どこから集金した」

手代が名と住所を告げた。

「九十六両を集金した瀬戸物屋に使いを走らせるぞ。かまわんな」

「もちろんでございます」

結果はすぐに判明した。

その瀬戸物屋の返事は、昨日、島田屋さんが九十六両を集金していったのは確かにまちがいない、というものだったのだ。

実際にその瀬戸物屋の主人が南町奉行所までやってきて、財布をあらためた。瀬戸物屋は、島田屋さんがこの大きな財布に九十六両をしまい入れたのをその目で見ていた、とはっきり告げた。

「よいか、島田屋」

奉行があるじに告げる。

「慣例として、九十六両の三分が一は拾い届けた糸井屋につかわすことになる」

「はい、それはもちろんかまいません」

あるじが深々と頭を下げる。

「もし糸井屋さんが届けてくれなかったとしたら、すべてを失っていたわけです。三分が一など惜しくもございません。むしろ、お礼としては少なすぎると手前は思っております」

「だからといって、多くやる必要はないぞ。九十六両の三分が一といえば、三十二両じゃ。わしがほしいくらいじゃ」

快活に笑った奉行が、ではこれでな、とそこにいる者すべてに笑いかけてから、襖に手をかけた。

「又兵衛、あとはよしなに頼む」

そういい置いて部屋を出ていった。

又兵衛は、糸井屋へ使いを走らせた。

使いとともに番頭の石蔵と手代の沖助が姿を見せたのは半刻後だった。

「あるじはどうした」

又兵衛はただした。石蔵が理由を述べる。

「本人は是非、と申しましたが、病が重く、こちらまで出てまいりますのは……ご勘弁くださりませ」

「いや、謝る必要などない。病の身なら致し方ないこと」

又兵衛は、糸井屋の二人に慣例のことを語ってきかせた。これは八代将軍吉宗《よしむね》の頃の南町奉行で名奉行とたたえられている大岡越前《おおおかえちぜん》の昔、十七両余が落とし物として届けられ、三分が一が拾い主に与えられたことがあり、それが今も先例として続いているのだ。

「では、三十二両、いただけるのでございますか」

石蔵が信じられないという面持《おもも》ちできく。

「そういうことだ」

「でも、届けただけですのに」

「先例がある。それを曲げることはできぬ。よしなに、ともお奉行からいわれておる。たがえることなどわしにはできぬ」

これで糸井屋が持ち直すかどうか、文之介にはわからない。あの客の入りようでは、まず無理だろうという気がした。一時しのぎにすぎない。

しかし、最悪の危機を避けることができたのはまちがいあるまい。

七

「でも旦那、どうもうまくいきすぎている感じがしませんか」

翌朝、表門のところで文之介からどういう決着になったかをきいた勇七がいぶかしげにいった。

勇七の疑問はもっともだ、と文之介も思う。

「確かにきな臭いにおいがするな」

文之介は考えこんだ。

「桑木さまにきいてみるか」

ちょっと待っててくれ、といって敷石を踏んで奉行所の玄関に入った。

又兵衛の部屋の前に行き、訪いを入れる。入れ。声が返ってきて文之介は、失礼いたします、と一礼してから又兵衛の前に進んだ。

「どうした、朝はやくから」

そういつつも又兵衛はにこやかに笑っている。

「糸井屋の一件だな」

「はい、おわかりですか。でしたら話ははやい」

文之介は疑問をぶつけた。

「おぬしらが不審に思うのは無理もない」

又兵衛が深くうなずく。

「だが、これに犯罪のにおいはまるでないといってよい」

明快にいいきった。

「どういうことです」

又兵衛が楽しそうに文之介を見ている。

「帰ったら、丈右衛門にきけ」

「父が関わっているのですか」

又兵衛は答えなかった。

親父の野郎、と文之介は思った。だが、さもありなんという気はする。

又兵衛の部屋を退出した文之介は、勇七の待つ表門に戻った。又兵衛とのやりとりをきかせる。

「なるほど、ご隠居が……。でしたら、なんの心配もいりませんね」

勇七の表情からは、先ほどのいぶかしさは明るい日が射しこんできたかのようにきれいに消えている。

文之介は納得したわけではない。丈右衛門に心酔している勇七のように簡単に割りきれるものではない。

また俺の頭越しにやりやがって。

そのことがとにかく頭にくる。

その思いを口にすれば、自らの小ささを認めるような気がして文之介は我慢して黙っていた。

二人で町廻りに出る。

「どうしたんです。ずっと黙ったままで」

うしろから勇七がきく。

「ははあ、ご隠居のされたことが気に入らないんですね」

「そうだ、悪いか」

「まあ、気持ちはわからないでもないんですよ。ご隠居は、糸井屋に三十二両が手に入るよう手配りした、ということなんですよね。いかにもご隠居らしいじゃないですか」

「まあ、そうなんだよな」

文之介は額に浮き出てきた汗を手のひらでぬぐった。

今日は暑い。朝から陽射しが強烈で、まだ梅雨《つゆ》にも入っていないのに夏が一足はやく来たような陽気だ。

「でも、ご隠居はどうしてそんなもってまわったやり方をしたんですかね」

「達吉だな」

「ああ、なるほど。糸井屋を援助したい店があり、でもその援助をあのあるじでは受けるはずがない。それで一芝居打った、ということですか」

「そういうことだろう。なにしろお奉行のお言葉だ。達吉もからくりに気づくだろうが、三十二両はどうあっても受け取らなければならねえよ」

「なるほど、うまい筋書きですねえ」

「援助したいと親父に願った店というのは、糸井屋から暖簾わけされた店の一つなんだろうな」

「島田屋ではないんですね」

「親父なら、そんなわかりやすいことはしねえだろう。きっと島田屋に九十六両を集金させた瀬戸物屋だな」

「その瀬戸物屋、どこなのかわかっているんですかい」

「いや、教えてもらってねえ」

文之介はまた汗をぬぐった。

空はあくまでも青く、太陽はまさに君臨するためにこれから中天にゆっくりとのぼろうとしているところだ。これからさらに暑くなるのだろう。暑いのはきらいではないが、こういう時季はずれのものは気持ちが悪い。

「しかし暑いな」

「親父のことはいいから、勇七、仕事に励《はげ》むぞ」

糸井屋に二度にわたって盗みに入ったのは算之介と判断して、文之介は勇七と一緒に探索を続けた。

だが、算之介の居どころを示すような手がかりを得ることはできなかった。

掏摸の子供たちのことも気になっているが、まだそちらには手をつけられない。おとなしくしてくれている今こそ見つけだして、立ち直りの道をつけてやるべきだろう、と思うが、今はまだ無理だ。

日が暮れてから、文之介と勇七は重い足を引きずるように奉行所に戻った。

勇七とわかれた文之介は又兵衛へ報告し、日誌を書き終えてから、屋敷への道をたどりはじめた。

お春はいなかった。父は将棋盤を前に一人座し、脂汗を流すように駒をにらみつけていた。文之介が帰宅の挨拶をしたときのみ、しっかりと返事を返してきたが、すぐに盤面に厳しい目を戻した。

すぐにでも丈右衛門に話をききたかったが、ただ、その前に文之介は汗を流したくてならない。さすがに今日の暑さはこたえた。

湯屋に行った。刻限が刻限だけにだいぶこんでいた。もともとが烏の行水で十分の文之介は湯船に浸かることなくさっさと体を洗って湯屋を出た。

屋敷に戻ると、姉の実緒《みお》が来ていた。

「姉さん、なんか久しぶりだね」

「ええ、そうね」

実緒が笑う。相変わらず美しい。光の衣をまとっているかのような華やかさが見えるときがあり、実の姉とはいえ、文之介はどきりとすることが何度もある。

この前会ったときより、腹もだいぶふっくらしてきている。生まれるまであと二ヶ月ほどだろう。

「義兄上《あにうえ》は」

「今夜は宿直《とのい》よ。お春ちゃんが、店の用事ではやめに帰らなきゃいけないからってうちに寄ってくれて。あなたの世話を頼んでいったわよ。どう、うれしい」

実緒が文之介を見てほほえむ。そんな笑顔もまぶしくて、文之介は目をそらした。

「うれしいみたいね。文之介はすぐに顔に出るから、わかりやすいわ」

「どう、赤子のほうは」

「ええ、つつがないわ」

お春が用意してくれた夕餉を、実緒があたため直してくれた。

もう他家へ嫁に行った姉の給仕で夕餉を食べるというのは妙な気がしたが、これも久しぶりのことで文之介はうれしかった。

膳の上にのっているのは鰯《いわし》の丸干しが主菜で、わかめの味噌汁にたくあんというものだ。

鰯の丸干しは冷めてはいたが、やわらかく焼けており、醬油をかけて口に入れるとかすかな苦みが脂とともにじんわりと広がり、とてもうまかった。

文之介は満足して食事を終え、一杯だけ茶を喫した。姉がすぐに茶碗や器を洗う。

文之介は父のもとに向かった。実緒がうしろについてくる。

父はまだ将棋盤とにらめっこをしていた。

文之介は丈右衛門の前に座りこんだ。実緒が部屋の隅に正座する。

父が目をあげた。

「糸井屋の件か」

さすがに察しがいい。文之介は無言でうなずいた。

丈右衛門が将棋盤を横にどける。しげしげと文之介の顔を見る。

「ふむ、筋書きは読めているようだな」

「だいたいのところは」

「わかった。説明しよう。おまえとしては気に食わんだろうし」

話を丈右衛門のもとに持ちこんだのは、糸井屋から暖簾わけされた阪井屋の甚左衛門だという。

「では、島田屋が九十六両を集金したというのは阪井屋だったのですか」

文之介は、甚左衛門というといかにも実直そうな風貌《ふうぼう》のあるじを思いだした。そうか、あの男が父上に持ちかけたのか。

「赤坂で喧嘩があったのは事実だ。それももちろん芝居だが。糸井屋の手代の沖助、番頭の石蔵、番所にやってきた島田屋の三人の主従も役者でしかない」

「知らぬのは糸井屋のあるじ達吉のみ、ということですね」

阪井屋のあるじの甚左衛門と丈右衛門は昔から懇意にしていた。頼られた丈右衛門は快諾し、又兵衛に根まわしをしたのだ。

「お奉行もすべてご存じだったのですか」

「桑木さまが話をしたかどうかは知らんが、ご存じではなかったのかな。話さずとも薄々は察しておられているであろう。もともと聡明《そうめい》なお方だ」

なるほど、と文之介はいった。

「でも、糸井屋は救われるのですか」

「甚左衛門によれば、とりあえず三十両あれば大丈夫だろうとのことだった」

「まさか、また盗まれやしないでしょうね」

「店に張りこんでみたらどうだ」

そのことは文之介も考えた。だが、盗っ人はやってこないような気がした。

「その気はないようだな」

「この話は噂として盗っ人のもとにすぐ伝わるでしょう。うらみからかどうかわかりませんが、糸井屋を的として定めている賊は悔しくてならないでしょうね。しかし、それでまた盗みに入るものかどうか」

「ほう」

丈右衛門の面《おもて》には興味深げな色が浮かんでいる。文之介の考えをきくのが、いかにも楽しくてならないといった風情だ。

「番所が絡んでいることで、おそらく罠《わな》と受け取るのでは、と思えるのですが」

「そうかもしれん。それに糸井屋にしても、今度こそは決して盗まれん場所にしまうだろうし。だが、糸井屋が手にできたこの三十二両が生きたつかわれ方をしたとしても
――」

丈右衛門が言葉をとめ、天井を見つめる。

「おまえが案じているように病人を生きながらえさせるようなものか」

「父上、こたびのこと、悔いておられるのですか」

「いや、そのようなことはない。阪井屋の気持ちを酌《く》んでやったことだし」

実緒が静かにうなずいている。

それが文之介には悔しい。いくら父と親しいからといって、どうして現役の俺に頼まねえんだ。

「文之介――」

実緒が呼びかけてきた。

「あなたにはまだ父上ほどの信用がないのよ。でも、焦ることはないわ。きっといつか、あなたも父上のようになれるから」

八

昨日の暑さが嘘のように、さわやかな風が吹き渡っている。

くそっ、遅刻だ。文之介は急ぎ足で奉行所に向かった。少し寝坊して、屋敷を出るのがおそくなったのだ。

寝坊の理由は姉がいった、いつかあなたも父上のようになれる、という一言だった。

本当だろうか。父のやることに反感がないわけではないが、そういう気持ちを抱くこと自体、憧れがあるからだろう、ということに文之介は最近気づいた。

本当になれるのだろうか。姉がいうのだから、当たらないはずがないような気がする。

その熱が、文之介をなかなか寝つかせなかったのだ。

手習所に行くらしい子供たちが道を駆け抜けてゆく。一人の男の子が文之介にぶつかった。

「ごめんなさい」

男の子が謝る。

「なにをそんなにあわててるんだ」

「手習におくれそうなの」

「だったらはやく行ったほうがいい。だが、気をつけてな」

はーい、と子供が走りだす。大丈夫か、と見守っていた子供たちと一緒になって遠ざかっていった。

文之介はその姿を見て、また掏摸の子供たちのことを思いだした。はやいところなんとかしてやらなければ、と思った。

かろうじておくれずに出仕した文之介は、勇七に相談した。

「ちょっと気分を変えて、掏摸の子供たちのことを調べてみようと思うんだが、勇七、どうだ」

「ええ、いいと思いますよ。盗っ人のことよりやり甲斐がありますし」

「その言葉は糸井屋の者にはきかせられねえな」

文之介は勇七とともに掏摸の子供たちがいると思える町へ行った。

南本所元町だ。すぐそばに回向院《えこういん》がある。明暦《めいれき》三年（一六五七）に振袖火事の犠牲になった人たちを供養するために、第四代将軍家綱《いえつな》によって建てられた寺だ。

この町で午前のあいだ、ききこみをした。

だが、やはりこれまでと同じでなんの手がかりも得られない。噂一つなかった。

「ねえ、旦那」

「なんだ」

「子供たちがこの町に土地鑑があるのはまずまちがいないと思うんです」

「そうだな」

「狙っていたのは、そこの回向院にお参りに来る人だったんじゃないですかね」

「なにをいいたい」

「その子らもよそから出張っていたんじゃないですかね。もちろん土地鑑がある以上、そんなに遠くからではない、と思うんですが」

「その通りだ。よく気づいたな」

文之介が心からほめると、勇七ははにかんだような表情になった。

「あっしもたまには旦那の役に立ちたいものですからね」

「これまでだって十分に役に立ってもらっているぜ」

「いえ、そんなこと、ありゃしませんよ」

「そんなことあるんだよ。よし勇七、午後は近くの町を当たってみよう」

文之介は、いつの間にかお克のことを忘れている自分に気がついた。お克のことが気になりさえしなければ、こうして勇七とは自然にやっていけるのだ。

だが、そのこと自体をさとったことで、文之介はまたも重い気分に包まれた。

ここは逃げてばっかりじゃいられねえな。正面から向き合ったほうがいい。

「おい勇七、今、お克がどうしているか知っているか」

勇七が怪訝そうに首を振る。

「さあ。あっしは知りませんよ。でも旦那、どうしてお克さんのことを気にするんです」

「いや、ちょっとな。知らないんなら、別にいいんだ」

ふくらんだ気持ちが、しおれた花のようにしぼんでゆく。

「勇七、腹が減ったな。飯にするか」

できるだけ元気をだしていった。

「いいですねえ」

「どこかいい店はあるか」

勇七が案内したのは、本所相生町《あいおいちょう》三丁目にある一膳飯屋だった。外の縁台は一杯だったので、座敷の端に座を占める。

「ここはとにかく刺身がうまいんですよ」

勇七の勧めにしたがい、文之介は鯵と鰯の刺身に飯、味噌汁というものにした。勇七もそれを頼んだ。

この二つの刺身にはわさびより生姜《しょうが》のほうが合うが、どっさりとすられた生姜が刺身の上にのってきたのを目にしたとき、文之介はびっくりした。

「すごいでしょう」

勇七が目を細めて笑っている。

「でも、うまいですよ」

生姜のにおいに食い気がそそられる。文之介は箸を手にし、生姜に醬油をかけた。ほかほかと湯気を立てている飯に生姜をまぶしたような鯵の刺身をのせ、ほおばった。

やや小ぶりに切られている鯵の刺身は弾力があるのに、口のなかでほろほろと溶けていく感じがあり、美味だった。生姜のおかげで飯との相性もすばらしくよく、文之介の箸はとまらなくなった。

横で勇七も一心に食べている。

鰯もありがちな生臭さはまったくなく、ただ旨みだけがぎっしりとつまっている。つやつやとした身がこれも生姜醤油と合い、飯はさらに進んだ。

文之介は満足して、代を支払った。

「いやあ、うめえな」

勘定場にいるばあさんに笑顔で声をかけた。

「ありがとうございます」

ばあさんが笑顔で返してきた。

文之介は勇七とともに店を出た。

「勇七、おめえの連れていってくれる店はほんと、はずれがねえな」

「そういってもらえると、あっしもうれしいですよ」

文之介はふと気づき、店に足を戻した。

「ばあさん、ちょっとききてえんだが」

「はい、なんでございましょう」

文之介はささやくような声で、このあたりには掏摸がよく出たりするのか、ときいた。

ばあさんのことで、一度ではきき取ってもらえなかった。文之介は三度繰り返した。

ようやくばあさんが話しはじめる。

「このあたりじゃないですけど、三年前、掏摸といえば、大がかりな捕物がありましたねえ」

「捕物だって」

「あら、お役人はご存じないですか。ああ、お若いですから、三年前はまだ加わらせてもらえなかったかもしれないですねえ。お顔もまだだいぶ甘いようですし」

「ばあさん、いってくれるな」

「ああ、これは失礼いたしました」

ばあさんが頭を下げる。もっとも、にこにこ笑っている。

「甘い顔は俺の持ち味だ」

「うまく切り返してきましたねえ」

「そうだろう。最近は、俺もこういうことがいえるようになってきたんだ」

「ちょっと旦那、そんなこと話している場合じゃないでしょう」

うしろから勇七がせっつく。

「ああ、そうだったな。その捕物の話をきかせてくれ」

「ようございますよ」

竪川《たてかわ》を南へ渡った深川常盤町三丁目で、掏摸ばかり五人がつかまったのだ。つかまった者は、いずれも死罪になった。

「あれ以来、このあたりで掏摸のことはききませんねえ。隣の元町でいっとき、掏摸が目立ったはたらきをしたこともございましたが、今はどうしたのか、噂もききません し」

三年前か、と文之介は思った。まだ見習の頃だ。

いわれてみればそんなこともあったような気もするが、たいして覚えていない。

「覚えているか」

勇七にきいたが、首を振った。

「子供たちの掏摸というのは、そのつかまった五名と関係あるのかな」

店を出て文之介は勇七にいった。

「どうなんですかねえ。関係あるのかもしれませんねえ」

勇七がはっとした顔になる。

「もしや縁者かも」

「そうだな」

そのことはまず最初に考えており、文之介はうなずいた。

「親を引っぱられちまったから、子供たちだけでやっているか……」

「その掏摸たちがこのあたりを縄張としてやっていたんなら、子供たちに土地鑑があるのもわかりますし」

「ふむ、おめえのいう通りだ。よし、一度番所に戻って三年前のことを調べてみるか」

一膳飯屋のばあさんのいう通り、三年前に全員が死罪になっていた。処刑されたのは、奥州《おうしゅう》街道沿いにある小塚原《こづかっぱら》だ。

名を調べてみた。それぞれの名はすぐに判明したが、全員が無宿で請人などいなかった。そんなのだから、家人についてはむろん記されていない。

「これじゃあ、子供のことはわからねえな」

明かり取りの窓から射しこむかすかな明かりだけが頼りの薄暗い書庫のなかで、文之介はつぶやいた。

そうですねえ、と勇七が相づちを打つ。

「勇七、ちょっと門のところで待っていてくれ。すぐに行くから」

文之介は詰所に行き、先輩同心の石堂《いしどう》がそこにいるのを認めた。隣に座り、三年前の掏摸の捕物のことをたずねた。

「掏摸の捕物だと、三年前というと、ああ、深川常盤町のやつか」

「どういうものだったか、話していただけますか」

「お安い御用だ」

石堂は湯飲みを手に取り、冷えた茶をすすった。

「五名の凄腕《すごうで》が組んでやっていてな、かなりの被害があったのは事実だった。派手な働きといえたが、立ちまわり方が巧妙で、なかなかつかまらなかったんだ。それに、それまでやつらが手をだしたのは、金に困っていない大店のあるじとか隠居の年寄りとか、とにかく富裕な者のみだった。取られたところで暮らしに窮することがない者ばかりだったんだ。やつらは貧乏人には決して手をださない、という信条でも持っていたのかもしれん。ただ単に、貧乏人相手では金を稼げない、と考えていただけかもしれんけどな」

石堂が言葉を切り、また茶を喫する。

「しかしまずかったのは、武家に手をだしたことだな。それも大身《たいしん》の旗本だったんだ。ふつうなら武家は体面を気にして、その手の届けはださんものだが、その旗本はちがった。よほど金に窮していたんだろう。それでその旗本から猛烈な抗議が入り、こちらとしても本腰を入れざるを得なくなった。それで徹底して調べあげ、やつらをお縄にしたというわけだ」

「掏摸たちに家人はいなかったのですか」

「そのあたりも調べたはずだが、やつらは頑としてなにもいわなかった」

そうですか、と文之介はいった。

「父はその捕物に加わっていたのですか」

「どうだったかな」

石堂が首をひねる。

「加わっていなかったな。その頃にはもう隠居が決まっていたはずだ。若い者にまかせるという感じで、丈右衛門さんは出ていかなかったように覚えているぞ」

九

「なにかを知っていて、親父は加わらなかったのだろうか……」

文之介は小さくつぶやいた。昨夜、顔を合わせた丈右衛門にどうして捕物に出なかったのかききたかったが、きけなかった。

「えっ、なんです」

勇七が問う。なにか思いを隠しているような声だ。これは子供の頃からつき合っている文之介にしかわからない。

「いや、なんでもねえ。独り言だ」

今日はどんよりとした曇り空で、雨雲が垂れ下がるようにして江戸を覆おうとしている。まだ雨にはなっていないが、降りだすのはそう遠くない。すでに海のほうは降っているようで、雲と海の境が墨でも溶かしたかのようににじんでいる。

「旦那、今日は掏摸の子供たちのほうですか」

「そうだな。盗っ人は気になるが、糸井屋のほうは三十二両が入ったことで、とにかく一息つけたしな」

「では、深川常盤町に行くんですね」

「そのつもりだ。昨日勇七がいったように、とらえられた掏摸の五名が子供たちと関係ねえとは考えにくい」

よし、行くか。文之介は歩きだした。うしろに勇七がつく。

風が出てきている。冷たさなどなく、梅雨どきのような生ぬるさがある。のぼって間もないはずの太陽が今どのあたりにあるのか、厚い雲に隠れてわからない。

町は、巨大な雨戸によって締めきられたように暗くなりつつあった。

「勇七、朝とはとても思えねえなあ」

文之介はまわりを見渡した。

「まったくですね」

いつものように勇七は必要以上のことは話さないが、今日はやはりどこかちがう。声に張りがない。

「おい勇七、なにかあったのか」

文之介は振り返ってたずねた。

「いえ、なにもありませんよ」

「嘘つけ。おめえは顔にはあまり出ねえが、声に出るんだよ」

文之介は幼い頃のことを一つ思いだした。

「十三、四年前のことだな。勇七のおじいちゃんが亡くなったときだ。その前から長患いしていて、おめえは心配でたまらなかったのに、俺の誘いを断れずに一緒に遊んでてさ。結局、おじいちゃんの死に目に会えなかったよな」

文之介は足をとめ、勇七を見た。

「あのときと同じような声、してるんだよ」

「そうですかい」

「ほかにもあったな。おめえの好きだった女の子がよその町へ引っ越して行っちまったときや、自分のところの長屋の燕《つばめ》の巣が烏に襲われて雛《ひな》が全滅したときもそうだったな。あと、捕物で隣の中間の兄ちゃんが生死の境をさまよう傷を負ったときも、そんな声だったぞ」

勇七は、そのときを思いだしたようなしんみりとした顔だ。

「そうでしたねえ。あのときの傷がもとで、結局、弓太郎《ゆみたろう》さん、亡くなってしまったんですよね」

勇七が顎を縦に動かした。

「そこまで旦那がわかっているんなら、あっしがいいたいこと、いってしまいましょう」

文之介は耳を傾けた。

「お克さん、どうやら臥せっているらしいですよ」

「なにっ。本当か」

じろりとにらみつけてきた。

「旦那、やっぱりお克さんになにかしたんでしょ。本当のことをいってください」

勇七の顔には、嘘は許さない、という思いがかたく刻みつけられている。文之介は気《け》圧《お》されるものを感じた。

「なにもしてねえよ」

これは嘘ではない。

「でもお克さんが臥せったのは、あの食事の日かららしいですよ。すっかりやせちまったみたいで」

「やせただと」

「なんでも、ものが喉を通らないらしいんです。旦那、見舞いに行きましょうよ。なにもしていないんなら、行けますよね」

行けるはずがない。向こうが俺の顔を見たくないだろう。

「見舞いたいのは山々だが、今はそういうときじゃねえだろう。ちがうか、勇七。お克がやせたってのは確かに心配だが、子供たちの掏摸をなんとかするほうが先だろう」

文之介は正論で押しきろうとした。

「だったら旦那、非番の日はどうです。非番の日は必ず休むよう、桑木さまからかたくいわれているんですよね」

これには文之介はつまった。

「非番の日は、子供たちと遊ぶことになっている」

「病にかかっているかもしれないお克さんよりも、子供たちと遊ぶほうが大事なんですかい」

「いや、そんなことはないが、子供たちが楽しみにしてるからな」

「お克さんのところで一日すごすわけじゃなし、見舞いが終わったら遊べばいいじゃないですか」

そうするしかなさそうだ。どのみち、いつかはお克と会わなければならない。それが次の非番の日ということだろう。

「わかったよ。次の非番の日、お克を見舞おう。よし勇七、仕事にかかるぞ」

深川常盤町三丁目に向かった。常盤町はこのほかにも一丁目、二丁目とあるが、三丁目だけが本所といっていい場所にある。これはもとの町があったところが火除地《ひよけち》として公儀に取りあげられて、代地として与えられたからだ。

もっとも、一丁目、二丁目も同じく火除地の代地で、どうして三丁目だけがこんなところまで飛ばされたのか、その理由は文之介も知らない。もともと深川常盤町は、今の深川南松代町《みなみまつしろちょう》のあたりにあったとのことだ。

自身番に入り、町役人たちに掏摸のことをきいた。

むろん、捕物のことは覚えていた。だが、掏摸が常盤町を隠れ家の一つにしていたことは誰も知らなかったという。

「ですからいきなり捕り手の方々が見えて、手前どもは本当にびっくりしたんですよ」

奉行所の捕り手が急襲したのは、どこにでもある裏長屋だった。ただ、そこは掏摸の一人が借りており、仕事をするときに集まるだけの場所にすぎなかった。

怪しいとまではいかないまでも、風体に胡散《うさん》臭さがある者が五名、ときおり集まって密談している。

このことが、探索を行った岡っ引のもとにまず入ってきたのだ。そこからははやかった、と石堂はいっていた。あっという間に急襲まで進んだらしい。

その長屋へ、町役人の案内で連れていってもらった。

確かになんの変哲もない長屋だ。どこにでもある裏店でしかない。掏摸の五名が借りていた店には、今は別の一家が住んでいる。そこで掏摸の捕物が行われたことは知らないでしょう、とのことだ。

文之介が長屋まで来たのは、どんなところかを知るためではなかった。

「家主は近くにいるんだな」

このことは自身番を出る前に、町役人たちに確かめてある。

「ええ、すぐそばです。この長屋は他町のお人の家作なので、家主を雇っているんです。ご案内します」

家主は大家のことだ。地所を持っている家持から給料をもらい、長屋住まいの者たちの暮らしぶりを取りしきり、病にかかったりすれば面倒を見、働きに出ずに遊んでばかりいれば意見もする。大家といえば親も同然といわれるのは当然なのだ。

家は本当に近かった。長屋からほんの半町ほど行った一軒家だ。

家主といえば、町役人の一人として自身番につめることもできる。だが、ここ常盤町の五人の町役人は家持だけのようだ。

家主は家にいた。定町廻り役人の急な訪れに驚きを隠せずにいる。

「ああ、あの掏摸のときですか」

苦そうな顔をする。

「いろいろな方からお叱《しか》りを受けましたよ。どうして住まわせたんだって。おかげで家主もやめさせられそうになったりしましてね。でも、店子たちが地主さんに、今の大家さんがいいといってくれましてね。それでなんとか首がつながったようなものです。店子にはよくしておくものだとつくづく思いましたよ」

「掏摸に店を貸したとのことだが、誰かの紹介だったのか」

「ええ、近くの口入屋さんですよ。あの店はその手の周旋もやっていますんで」

長屋などに入るにあたり、口入屋が請人となるのはよくあることだ。だが、請人になるということは、店子のことすべての責を負うということでもある。店子が掏摸だったとわかった以上、口入屋もただではすまなかったはずだ。

「その口入屋は今もあるのか」

「ええ、ありますよ。さすがになんのお咎めもなし、というわけにはいかなかったようですが、今はすべてを忘れたように商売に励んでいますよ」

「おめえ、その口入屋からはよく紹介を受けているのか」

「今はもうやめました。でも、当時は頻繁につき合いがありましたね。ですので、あの店から紹介があれば、手前はなんの疑いもなく受け入れておりましたよ」

口入屋の場所はきくまでもなかった。ここまで案内してきた町役人が知っていた。

店は、深川常盤町三丁目の南側に位置していた。

裏通りからさらに路地に入ったそうと注意しなければわからない場所で、こんなところでよく商売ができるな、との思いを文之介は抱いた。勇七も同じようで、へえ、と吐息にも似た声を一つ漏らした。

店は山角屋《やまずみ》といった。店に入る前に町役人が説明した。

「最初はもっといいところにあったんです。つまり、お咎めというのがこういうことだった。

町奉行所が命じて引っ越させたのだ。口入屋などはどれだけ人が来るかにかかっている。やはりこの場所ではきついだろう。

そう文之介は思ったが、山角屋のあるじは血色がよく、生気にあふれる顔をしていた。いかにも商売がうまくいっている表情だ。

「こちらに移らされた、いえ、移ってきた当初はさすがに愕然としましたが、嘆いていてもはじまらない、と一念発起しまして、それまで以上に仕事に身を入れたんです。それが結果としてよかったようで、今では前以上の商いをやれるようになりました」

「よくがんばったな」

文之介が心からほめると、あるじはたっぷりとした頰をゆるませた。

「がんばりませんと、おまんまの食いあげですからね。ですので、今はここに移ってきてよかったな、と思うまでになってますよ」

文之介は、掏摸に長屋の周旋をしたときのことをたずねた。

「ええ、名は市造《いちぞう》といいましたね。それが偽名であるのは市造がとっつかまってからわかったんです。市造にあの長屋の紹介をしたのは、この店に入ってくるや、住みかを捜していいるんだけど、といったからです。見たところこざっぱりとした身なりで、別に悪さをするような男には見えなかったんですよ。市造は飾り職人をしているともいったんです。いう通り器用そうなきれいな指をしてましたよ。それでなんの疑いもせず、手前はあの長屋を紹介したんです」

「そのとき、どこの出かいっていたか」

「ききました。相州《そうしゅう》小田原《おだわら》の出、と」

「なまりは」

「江戸の言葉をつかってましたね。長いことといれば、それも不思議ではないんで」

「市造はその長屋に本当に住んでいたのか」

「ええ、住んでました。本当に飾り職人としての仕事もしていたんです。店賃のほうもおくれることなく毎月払っていました」

「一人で住んでいたのか」

「ええ、さようです。四十をすぎていましたけど、江戸にはそんな男、ごまんといるんで、珍しくもありませんし。ときおり人相があまりよくないのが遊びに来ていましたが、まさかあれが掏摸の仲間だとは手前はまったく思いませんでしたよ」

「子供が出入りしていたということは」

「それはきいたこと、ありませんねえ」

これ以上きけることもなさそうだ。本当なら市造の長屋を突きとめた岡っ引に話をきたかったが、その腕利きの岡っ引は石堂によると、去年死んでしまったとのことだ。

まさか殺されたのでは、と文之介は一瞬思ったが、病死だった。風邪をこじらせてあっけなく逝ってしまったとのことだ。

その後、常盤町以外の町にも足をのばし、子供たちのことを調べたが、なにもつかめなかった。

やがて日が暮れはじめた。

「勇七、番所に戻るか」

「そうですね」

勇七はやや疲れた顔をしている。俺もそうなんだろうな、と文之介は思った。

二人は連れ立って歩きだした。行く手に大きな太陽がある。それが今、地平に身を隠そうとしている。

あたりが急速に暗くなってゆく。それが底なしの暗さのように文之介には感じられた。

掏摸の子たちも今、そういうところにいるのだろうか。

すぐに、と文之介は決意した。そこから引きあげてやる。

第三章　似た者同士

一

「貫《かん》ちゃん、しじみは売れたかい」

貫太郎《かんたろう》が空のたらいを抱えて木戸をくぐると、声をかけてきた者がいた。

向かいに住む女房のお史乃《しの》だった。両手に洗濯物を一杯に持っている。

今は雲が取れて西の空が赤く染まりはじめているが、今日はずっと曇り空だったから、乾きはよくないようだ。

「うん、なんとか全部」

貫太郎は笑顔で答えた。

「そう、よかったね」

お史乃がじっと見る。

「ねえ貫ちゃん、困ったことがあれば、なんでもいっておくれよ。遠慮なんかいらないんだからさ」

「うん、おばさん、ありがとう」

貫太郎は心の底からいった。

お史乃が貫太郎の店《たな》を振り返った。

「おたきさんの具合はどう」

「うん、ここしばらくはいいみたい」

「お医者さんはちゃんと来てくれてるの」

「うん、なんとか……」

貫太郎は言葉を濁した。

「そう。お薬は」

「日に三度、ちゃんと飲んでる」

「高いお薬なんでしょ」

そう、安くはない。

「たいへんね」

お史乃は痛ましそうな目をした。貫太郎は顔を下に向けた。

「私たちでできることがあれば、なんでも遠慮なくいってちょうだいね」

お史乃が軽く頭を下げ、自分の店の障子戸をあけてなかに姿を消した。

いいおばさんで、夕餉に煮物などのお裾わけをくれる。包丁の腕は確かで、あまり食欲のない母親もお史乃の煮物ならいくらか食べることができる。

お史乃がやさしいのは、昔自分の母親も同じように長患いをしていたからだそうだ。お史乃はずっと母親の世話をしていたという。母親が亡くなり、この長屋に嫁いできたのだ。

お史乃の夫は植木職人で、好助《こうすけ》という。名は体をあらわすというが、やや太り気味の顔がまん丸い男で、性格も穏やかで常に笑みを絶やさない。

お史乃が母親の薬をもらいに行った医者の家の庭の手入れをしていて、知り合ったとのことだ。

お史乃がいうには、好助のほうが見初《みそ》めたということらしいのだが、知り合ってからは話がとんとん拍子に進んでいったらしい。

仲がいい夫婦で、貫太郎はなんとなくうらやましい。いつか自分もああいう夫婦になりたい、と思う。

だが、と貫太郎は考えこむ。果たしておいらなんかに先があるのか。

「どうしたの、兄ちゃん」

目の前の路地におえんがいた。弟の鯛之助《たいのすけ》をおんぶしている。

「なにむずかしい顔、してるの」

「してねえよ」

貫太郎は鯛之助をのぞきこんだ。

「よく寝てるな」

「この子、寝るのが好きだから」

貫太郎は妹を見つめた。

「でもおえん、今どこから来たんだ」

「そこよ」

おえんは振り向き、厠を指さした。

「なんだ、そういうことか」

「おなか空いたでしょ」

貫太郎は腹をなでた。

「うん。支度してあるのか」

「ご飯は炊いたよ」

「直助《なおすけ》たちは帰ってきてるのか」

「ううん。遊びに行ってる」

「そうか。おえん」

貫太郎は声を低めた。

「米はまだあるのか」

「うん、あるよ。でもあと少しで底が見えそう」

おえんがささやくように返してきた。

そうか、といって貫太郎は障子戸を静かにひらいた。

一間しかない店の隅で、母親は寝ていた。

土間で草履《ぞうり》を脱ぎ、上にあがる。

枕元に座り、母親のおたきの顔をじっと見る。顔色は悪い。店のなかが暗いというのを除いても、どす黒い色をしている。

その黒さの奥底に得体の知れないなにものかが棲《す》みついている感じがして、貫太郎としてはどうにかして追いだしたいのだが、その手立ては見いだせない。

今は医者のいう通り薬を飲ませるしかないのだが、その薬もここ何日も飲んでいない。薬がもうないのだ。買う金もない。

貫太郎はため息をついて、行灯《あんどん》に火を入れた。いつも油を惜しんでぎりぎりまでつけないのだが、さすがに手元すら見にくくなっている。

やがて、どやどやと路地のほうから足音がしはじめた。笑い声もしていたが、店の近くまで来るとそれもやんだ。

そろそろと障子戸がひらく。弟の三人が帰ってきたのだ。以後、前は乱暴に戸をあけたりしていたのだが、貫太郎が一度怒鳴《どな》りつけたことで、そういう真似はしなくなった。

部屋のなかに兄弟が顔をそろえた。三歳、六歳、八歳、十歳、十一歳、十三歳という六人兄弟だ。

十一歳のおえんは三歳の鯛之助を畳におろしている。鯛之助は眠そうで、少しぐずっている。

おえんのみが女の子で、あとはみんな男の子だ。

「夕餉にするの」

母親のおたきが目を覚ました。

「うん、かあちゃんも食べるかい」

貫太郎はきき、母親の背中のほうにまわろうとした。

「うん、ありがとう」

でもいいわ、とおたきが横になったままいう。

「おなか、空いてないの」

「でも無理してでも食べなきゃ、よくならないよ」

「そうじゃないわ。おなかが空かないのは、今は食べるな、って体が教えてくれているのよ」

「そういって母ちゃん食べないけど、よくならないじゃないか」

「そうねえ、ごめんなさいね」

貫太郎はおえんを見た。

「母ちゃんの分は」

おえんがうなずいて立ち、かまどのそばに行く。膳を一つ持ってきた。

貫太郎は無理に母親を起きあがらせた。

「母ちゃん、食べてよ。母ちゃんが食べないのは、米櫃《こめびつ》にあまり米がないのがわかってるからでしょ」

おたきが悲しそうにする。

「そんなことないわ。本当におなか、空いてないの」

貫太郎は無視しておたきに箸を持たせた。

「母ちゃんが食べるまで、おいらたち、食べないから」

貫太郎は、いいな、という目で弟たちをにらみつけた。六歳の耕吉《こうきち》がしぶしぶといった顔で箸をお膳に戻す。

「仕方ないわねえ」

おたきが小さくいって箸をつかいはじめる。飯の粒を運び、そっと口に入れて噛む。

「ああ、おいしい」

にっこりと笑った。その笑顔を見て、貫太郎の胸は喜びにふくらんだ。

「よし、おまえらもいいぞ」

弟たちが歓声をあげ、ご飯をほおばりはじめる。

貫太郎は茶碗を手にした。おかずはたくあんに梅干しだ。あとは豆腐が一切れだけ入った吸い物だが、貫太郎たちにとってはご馳走《ちそう》だった。

夕餉を終えて、おたきがまた横になった。疲れた顔ですぐに寝息を立てはじめる。

子供たち全員であと片づけをする。茶碗を洗い、ふきんでふいた。

その後、鯛之助を母親のそばに寝かしつけたあと、五人の兄弟は隅に寄せた行灯のもとで顔を近づけ合った。

「どうする、兄ちゃん」

十歳の次助《じすけ》が押し殺した声できく。

「そろそろはじめないと……」

「わかってる」

貫太郎は顎を引いた。

「母ちゃんの薬代を稼がないとならないし、米だってなくなってきた。しじみを売っているだけじゃどうにもならねえや」

「でも兄ちゃん」

次助と二歳ちがいの直助がいう。

「例の同心と中間がだいぶ嗅《か》ぎまわっているんでしょ」

「そうだ」

「大丈夫だよ」

次助が自信たっぷりに口にする。

「あの同心はぼんくらだよ」

「どうしてそういえる」

貫太郎はただした。

「あの顔見れば、わかるよ。ふにゃけた顔しているもの」

「そうかしら」

異を唱えたのはおえんだ。

「確かに甘そうな顔してるけど、ぼんくらではないわ」

貫太郎は妹をじっと見た。

「知っているのか」

「知らないけど、あの人だけはなにかほかの同心とはちがうような気がするの」

「ちがうって、同心は同心だろう」

次助が怒ったようにいう。

「父ちゃんたちをつかまえて、とっとと死罪にしちまったやつらの仲間だぞ。三年前、あの同心もきっととうちゃんたちをつかまえに来ていたにちがいないんだ」

「あの同心のことは気になるけど」

貫太郎は手で次助の気持ちを抑える仕草をして続けた。

「とにかく仕事はやらなきゃしようがない。明日からまたかかるぞ」

二

深川六間堀町で、掏摸の子供たちの手がかりを求めていたときだ。

「お役人、お役人」

駆け寄ってきた者がいた。

「ちょうどよかった。今、ちょうど御番所に走ろうとしていたんです」

男は若い。着物の尻のところをたくしあげている。

「どうした、なにかあったのか」

文之介はたずねた。勇七はやや険しい視線を男にあてている。

「ついさっき隣町で掏摸が出ました。あっしは使いで御番所に行こうとしていたんです」

文之介は、男が指さした方向を見た。

「隣町って北森下町か」

「はい、さようです」

「よし、行こう」

文之介の胸には暗雲が渦巻いている。

「勇七、どうもはじめちまったみてえだな」

走りつつ振り返っていった。

「そのようですね」

勇七の表情も暗い。

深川北森下町の木戸をくぐっていった男が足をとめたのは、自身番の前だった。

たいした距離を走ったわけではないが、文之介はさすがに汗をかいた。今日は朝から晴れあがり、陽射しはけっこう強い。

文之介は荒い息を吐いた。

「大丈夫ですかい」

勇七が顔をのぞきこんでくる。相変わらず涼しい表情をしている。息づかいにも乱れはない。

「まあな。たいしたこと、ねえよ」

文之介は背筋を伸ばしてしゃんとした。

「お役人を連れてきました」

男がなかに声をかける。

「これはまたはやかったねえ」

町役人の一人が感嘆したようにいう。

「ああ、これは御牧の旦那、よくぞいらしてくれました」

つめている五人すべてが頭を下げる。

文之介は土間に入った。勇七は敷居際のところに立った。

土間からあがった畳敷きのところに、商家の手代か番頭らしい者が座っている。

「ああ、こちらが財布をすられた方です」

町役人の一人が紹介する。

男が一礼し、名乗った。本所林町一丁目の米問屋井崎《いざき》屋の手代で、寅一郎《とらいちろう》とのことだ。

文之介は畳の縁《へり》に腰かけた。

「すられたのはまちがいないんだな」

へえ、と寅一郎が首をうなずかせた。

「向こうから御高祖頭巾《おこそずきん》をした若い娘が来ました。その娘がよろけて手前にあたったんです。その直後、懐が心許ないような感じがしまして、はっと手を入れたら財布がなかったんです」

寅一郎が手元に置かれている湯飲みを傾けた。中身は水のようだ。

「失礼いたしました。――手前はすぐに追いかけました。でも、逃げ足は女とは思えないほどはやく……」

文之介は勇七に目を向けた。勇七は、まちがいありませんね、というように顎を軽く上下させた。

御高祖頭巾の女の正体は男の子だ。手口は前と変えていないということになる。

そのことに文之介は危うさを覚えた。同じやり方をしていれば、お縄になる度合は高い。

「財布にはいくら入っていた」

「一分金と一朱金で一両一分です。あとは三十文ほどです」

「店の金か」

「いえ、手前のです」

「けっこう持ってやがんな」

「はあ。あの今夜、取引先の親しくさせてもらっている人と久しぶりに飲む約束をしたものですから」

「そうか。取引先とな。俺なんか――」

文之介は懐をごそごそやり、財布を取りだそうとした。

「旦那、そんなの見せるようなものじゃないですよ」

勇七が咎める。

「ああ、そうだな」

文之介は寅一郎をうながし、財布をすり取られた場所に案内させた。

「ここかい」

伊予橋《いよばし》の近くで、そばに五間堀川《ごけんほりかわ》が流れている。商家や一軒家の裏に河岸がずらりと連なっていて、小舟があちこちにつけられたり、離れたりしているのがちらほら見える。道を行きかう人も多い。武家の姿も目立つ。伊予橋の東側は、武家屋敷がぎっしりと建ち並んでいる。

「御高祖頭巾の女はどこへ逃げた」

「あちらです」

寅一郎は西側を指さした。

「どこで見失った」

寅一郎は西へ十五間ほど行ったところで立ちどまり、こちらです、といった。

そこは深川北森下町を南北に突っ切る道だ。右手は武家屋敷に突き当たるまで町地が続き、左手は肥前唐津《ひぜんからつ》で六万石を領する小笠原《おがさわら》家の下屋敷の塀が無愛想《ぶあいそ》な横顔を見せている。

「あの、お役人」

寅一郎が呼びかけてくる。

「必ず引っとらえてください。お金も取り返してください。今宵《こよい》は久しぶりに他出を許されたんです。その楽しみを奪い取った掏摸を、手前は許せません」

商家の奉公人というのはそういうものだ。あるじの許しなしには他出はできないし、泊まるなどもってのほかである。

「わかった」

文之介は暗い気分で答えた。

「必ず金は取り戻す」

寅一郎には、これで帰っていい、と告げた。是非ともお願いいたします、ともう一度繰り返してから寅一郎は去っていった。

「こっちに逃げていったということは、住みかはこっちってことかな」

「どうでしょうかねえ」

勇七は、道の先をにらみつけるようにしている。

「住みかに通じる道を逃げますかね」

「となると、逆か」

文之介は振り返った。

そちらには深川北森下町の町並みが広がっている。左手に見える巨大な瓦屋根は、建築する際に三代将軍徳川家光《いえみつ》が材木を寄進したことで知られる長慶寺《ちょうけいじ》の本堂だ。境内《けいだい》には、芭蕉《ばしょう》の門弟が建てたといわれる句塚があるそうだが、文之介は見たことはない。用もなしに定町廻りが寺の境内に足を踏み入れるわけにはいかない。

「さて旦那、どうします」

「そうさな。ここは地道に調べてゆくか。よし、勇七、戻るぞ」

「えっ、番所にですかい」

「ちがう。さっきまでいた深川六間堀町だ」

だが、なにも手がかりは得られなかった。日暮れの気配が漂いはじめたところで文之介は仕事を切りあげることにした。

奉行所に帰り、勇七とわかれた。その足で与力の詰所に向かう。

上司の又兵衛に今日のことを報告した。

「そうか、また出たか」

又兵衛ににらみつけられた。

「文之介、必ずつかまえろよ」

「わかりました」

文之介はそう答えたが、語尾にまるで力がなかったのが自分でもわかった。

「気がのらなそうな顔だな」

「いえ、そんなことはありません」

又兵衛がぐっと顔を近づけてきた。

「ならば、どういう手立てを取るつもりか、申してみい」

文之介は一瞬、考えただけだった。

「張りこむのが一番だと思います」

「どこに」

文之介は頭をめぐらせた。

「おそらく同じ町では仕事はしないと思います。隣町の深川南森下町がいいのではないか、と思います」

「よかろう。それで行け」

又兵衛が自らの顎をなでさする。

「文之介、前にもいったが、その子供の掏摸、はやくとらえて立ち直らせてやることこそが肝要だぞ」

「は。よくわかっております」

「なんだ、こんなところに呼びだして」

鹿戸吾市《しかとごいち》は声を荒らげた。

「鹿戸の旦那、そんなに怒らないでくださいまし」

男が必死になだめようとする。

「だったらこんな煮売り酒屋などでなく、もっといい店にしろ」

まわりで飲んでいる客たちが、興ざめしたように見る。

吾市はぎろりとにらみ返した。客たちはそこにいるのが番所の役人であるのに気づいて、あわてて目をそらした。

「はあ、申しわけございません。次はもっといい店にいたします……」

男が神妙にかしこまる。

「必ずだぞ」

吾市は男を見据えた。男は釜石屋《かまいしや》という紙屋の番頭で、都志之助《としのすけ》という。

「それで、こんなところに呼びだしてなんの用だ」

「あの実は――」

都志之助が声をひそめる。吾市にはなんといったのかきき取れなかった。

「もっと大きな声でいえ」

「は、はい、わかりました」

都志之助は財布をすられたとのことだった。

「いつすられた」

「今日です」

「どこで」

「深川三間町《さんげんちょう》です」

都志之助が奉公する釜石屋は、三間町の南側にある深川元町にある。

「店のそばだな。届けはだしたのか」

「いえ」

「どうして」

「深い理由はありません。ただ、財布が父の形見ですので、是非とも鹿戸の旦那に取り戻していただきたいだけなのです」

よろしくお願いします、と都志之助が平伏せんばかりの勢いで懇願する。

「もちろんただでとは申しません。これを」

懐から紙包みを取りだし、差しだす。吾市は受け取った。

「豪気《ごうき》だな」

首を振ってつぶやいた。一両入っていたのだ。

「財布をとにかく取り戻してほしいんです」

「なにが入っている」

「お金はたいしたことありません。二分ほどですから。なかに紙が一枚入っているんです」

都志之助の目が鋭く光る。

吾市は興味深く見返した。それに気づいたように都志之助が表情をなにげないものにした。

「なんの紙だ」

「取引のことが記された紙です。とても大事なものなんです」

「取引のことが記されているか」

吾市は杯を取りあげ、注がれた酒をくいっと飲み干した。

「わかった。なんとかしよう」

三

空の青が秋のように濃く見える。

「勇七、いい色だなあ」

歩きながら文之介はしみじみといった。

「今日は大気が澄んでるみてえだな」

「そうですねえ。風も気持ちいいですよ」

勇七が顔を引き締める。

「でも旦那、本当につかまえる気ですか」

文之介は首をかしげた。

「今のうちにつかまえちまえば、改心させられるだろう。桑木さまもそうおっしゃっていた」

「つかまると入れ墨されるんですよね。なんとか避けたいですねえ」

「ああ、かわいそうだよな」

文之介は立ちどまり、人けのないのを確かめてからせまい路地に足を進ませた。

「どうしたんです、旦那、こんなところに入りこんで」

文之介は勇七を見つめ、声をひそめた。

「勇七、うやむやにできねえかな」

勇七が眉間にしわを刻む。

「どういうことです」

「俺たちの力でつかまえて、なんとか掏摸はなかったものにできねえか、と思っているんだ」

勇七がまわりを気にする。

「ばれたら首ですよ」

文之介は勇七を安心させるために笑ってみせた。

「刎《は》ねられることはねえだろう」

勇七の案じ顔は変わらない。

「切腹はあるかもしれませんよ」

「そうかなあ」

文之介は腹をなですすった。

「腹を切るのはいやだな」

「ご隠居に相談したらどうです」

「いやだ」

「どうしてです」

「隠居だからだ」

それでも、話したほうがいいのかもしれんな、と文之介はちらりと思った。

勇七は渋い表情をしている。

「そうですかねえ。きっと役に立つことを助言してもらえると思いますよ」

「いいんだよ。隠居なんだから、おとなしくしてれば」

「わかりました。――旦那がその気なら、あっしはできる限りお手伝いさせてもらいます」

「ありがとうよ。勇七にそういってもらえると、力がわいてくるぜ」

文之介たちは深川南森下町に向かった。

「旦那、どこで張りこむんですかい」

「蕎麦屋がある」

勇七がふっと笑う。

「なんだ、なにがおかしい」

「また蕎麦屋ですかい」

「一番の好物だからな」

「うどんより好きなんですかい」

「どっちも同じくらい好きだけどな。うどんは新たな店、捜そうっていう気にならねえんだ。あの親父のうどんだけで今はいい」

文之介がやってきたのは、深川南森下町の喜島《きじま》という蕎麦屋だった。

まだひらいていない店を無理にあけさせて入りこんだ文之介はあるじに、しばらくここで張らせてもらいてえ、と頼んだ。

さすがに一瞬、眉をひそめたが、ねじり鉢巻をしているあるじは、ようございますよ、と腕をぶすようにいってくれた。

「なんの張りこみです」

これは隠すようなことではなかった。

「掏摸ですか。また出たんで」

「そうだ。それをつかまえるために、張りこむ。そこの座敷を貸してくれ」

「窓際ですね。ええ、どうぞ、おつかいください」

文之介と勇七は座敷の格子窓のすぐそばに陣取った。文之介は黒羽織を脱ぎ、勇七に渡した。

「勇七、頼む」

勇七が苦笑する。

「着物のたたみ方、いまだにわからないんですかい」

「たたむことはできるんだがよ、おめえみてえにきれいにたためねえんだよ」

「相変わらずぶきっちょですねえ」

うれしそうに笑って勇七が手際よくたたんだ。

「はい、どうぞ」

「すまねえな」

受け取って文之介はかたわらに置いた。これなら、客が入ってきても定町廻りが張りこみをしているとは気がつくまい。

「でも旦那は蕎麦屋に関しては、ほんと、鼻がききますよねえ」

店内を見渡した勇七が感心していう。

「まあな。一膳飯屋はろくに覚えちゃいねえが、蕎麦屋だけはうまかったところは決して忘れねえ」

勇七が感嘆するのも当然で、さほど広くはない店内だが、しっとりとした落ち着きが感じられるのだ。腰を据えて蕎麦切りを楽しむことができそうだ、という安心を客に与えることができる。

実際、蕎麦切りはとてもうまい。腰があり、香りも強い蕎麦をここのあるじは打つ。

この店で働いている小女が茶を持ってきてくれた。どうぞ。

「おう、すまねえな」

文之介は湯飲みを手にするや、さっそく飲んだ。

「うむ、なかなかいいお茶じゃねえか。うめえよ」

勇七も飲む。にっこりと笑った。

「本当だ。甘くてうまいですねえ」

勇七の笑顔を見て、小女が赤くなった。器量よしとはいわないが、丸い目に愛嬌《あいきょう》があってかわいさが感じられる娘だ。

あれ、またかよ。

文之介は頬をふくらませた。ふつうなら、定町廻りのほうがはるかにもてるはずなのだ。ただ、勇七があまりにいい男すぎて、主役である文之介のほうが目立たなくなっている。

「おい、ねえちゃん、おかわりを頼むぜ」

あ、はい。小女は文之介から空の湯飲みを受け取ると、厨房へ去っていった。

「なに怒っているんです」

「怒ってなんかいやしねえ」

「でも頭から湯気が出てますよ」

「そんなやつ、俺は一度も見たことねえ」

小女が湯飲みと大きな急須を持ってきた。

「お待たせしました」

「こりゃいいな。わざわざおめえに来てもらう手間が省《はぶ》ける」

しばらく、二人して人が行きかう通りを眺めていた。

「おい勇七、そこに西へ抜けられる道があるだろう」

商家としもた屋の塀にはさまれた通りを、文之介は指さした。

「ええ。かなり人通りが多いですね」

「一町半ほど先になにがあるか、おめえ、知っているか」

「そこの道を入ると、深川森下町ですね。確か神明宮とかいう神社があったように覚えているんですが」

「それだよ。富士山があるんだ。森下富士って呼ばれてるやつが」

「そうですか。神社のなかでは、旦那はのぼったこと、ないんですよね」

「ねえな。勇七、江戸にその手の富士がいくつあるか知っているか」

「さあ、いくつあるんですか」

「実は俺も知らねえ。でも、なんといっても有名なのは深川富士だな」

「ああ、富岡八幡宮にある富士山ですね」

やがてだしのにおいが店内に満ちはじめた。

「いやあ、いいにおいだな」

「まったくですねえ。蕎麦を食べたくなりますねえ」

「昼前に食わせてやるよ」

「さっきの店主、相当の腕を持ってますね」

「わかるか。前に話をきいたんだが、七代目らしいんだ。若い頃は蕎麦なんか好きでもなくて、跡を継ぐなど冗談じゃねえって感じで、遊び歩いていたんだと。ところがある日、まじめに働いて、お客にとても喜んでもらっている親父がまぶしく見えて、働きもせず遊び暮らしてきた自分がえらいまちがいを犯しているんじゃねえかって気持ちになったんだとよ。それで、親父に頼みこんで一から蕎麦づくりの修業をはじめたんだ」

「目が覚めたんですねえ」

「それまで六代続いてきた血が、放っておかなかったってことじゃねえのか」

「なるほど」

勇七が相づちをうつ。文之介ははっとした。そうか、と気づいた。掏摸なんかやっているのは、掏摸しか能がないからだろう。

なにかほかに職を持たせてやればいい。

四

誰かが呼んでいる。

だが、目をあけたくない。文之介は気持ちのいい海をたゆたっていた。

「おい、文之介」

はっとした。この声は。

文之介はぱちりと目をひらいた。すぐそばにあるのは、大きな顔だった。

うわっ。文之介は大声をあげた。

「文之介、おまえ、なに寝ぼけているんだ。親の顔見て驚くなんざ、無礼なやつだな」

文之介はあわてて起きあがった。

「失礼しました」

まじまじと丈右衛門を見る。

「でも珍しいですね。それがしの部屋に来るなど」

ちょうどいいか、と文之介は思った。掏摸の子供たちのことを相談しようか。

「人が呼びに来ているんだ」

丈右衛門がにやりと笑う。

「子供たちだよ」

ああ、そうだった。今日は非番だ。遊ぶ約束をしていた。

勇七と、お克の見舞いに行くことも約束してある。勇七とは、四つ半にお克の家の前で待ち合わせをしている。

四つ近くまで仙太たちと遊び、わけをいってしばらく抜けさせてもらうつもりでいる。

その後、また一緒に遊べば文句も出ないだろう。

丈右衛門はまだ立ち去らない。

「文之介、なにかいいたいことでもあるんじゃないのか」

文之介はいおうか迷った。その前に仙太たちの呼び声がきこえた。

「ああ、では、行ってきますよ」

文之介は着替えをはじめた。丈右衛門は、そうか、と部屋の外に出ていった。

今日はあの蕎麦屋に誰が張りこむのかな、と文之介は思った。石堂なら心配はいらない。仮につかまえたとしても、手荒な真似は一切しまい。

鹿戸吾市だったら、と考えると文之介は気が重い。おそらく容赦なく奉行所に引っぱってゆくだろう。

こんなことだったら、昨日、掏摸の子供たちが出てきてくれたほうがよかった。

しかし今、そんなことを思っても仕方がない。文之介にできることは一つしかなかった。あの近くで子供の掏摸が今日は仕事をしないのを、祈ることだけだ。

文之介は庭に出た。進吉を加えた七人が待っていた。

「おそいよ、文之介の兄ちゃん」

仙太が一番先にいう。ほかの子たちもおそい、おそい、と口々にいった。

「すまなかったな。ちょっと寝すごした。でもおめえら、手習所はどうしたんだ」

「今日は休みだよ」

「ずる休みじゃねえだろうな」

「ちがうよ。なんならあとで行ってみる」

「いや、そこまでせずともいい」

勇七に惚れている女の顔を見たところで、楽しくはない。

「どこへ行く。あの原っぱか」

「そうだね。今日は天気も最高だし」

文之介は空を見あげた。仙太のいう通り、雲一つなく、石でも投げたらそのまま吸いこんでしまいそうな透明さと奥深さがある。

文之介は子供たちと一緒に道を歩きだした。霊岸橋《れいがんばし》、湊橋《みなとばし》、崩橋《くずればし》と渡って行徳《ぎようとく》河岸に出る。

河岸を通りすぎ、尾張名古屋《おわりなごや》徳川家の拝領屋敷の裏まで来た。

そこには広々とした原っぱが広がっている。雑草が生え放題で石ころだらけだが、子供と遊ぶ分にはむしろそのくらいのほうがおもしろい。

まずは鬼ごっこだ。だいたいいい歳をして鬼ごっこもないと思うが、これがはじめると楽しくて、病みつきになる。

こういうのは本気でやらないと、自分も相手もつまらないのを文之介は知っていた。

最初は文之介が鬼をやるのが、前から決まっている。

「いいか、原っぱから出ちゃいけねえんだぞ」

「わかってるよ、文之介の兄ちゃん」

「はやくやろうよ」

よし、行くぞ。

文之介はだっと地を蹴り、七人の子供を追いかけはじめた。

なかなかつかまらない。少しずつだが、子供たちも大きくなってきている。それですばしこさは変わらないのだ。

つかまえる側の文之介には厄介になりつつあった。

それでもまだまだ体格の差は大きく、文之介は一人ずつ原っぱのぎりぎりのところまで追いこんで、つかまえてゆくというのを繰り返した。

四半刻ほど走りっぱなしだった。さすがに疲れきったが、これも下手人を追いかける際、きっと役に立つだろう。

次は剣術ごっこだ。七対一の戦い。

文之介は仙太が手渡してきた棒きれを手にした。子供たちも同じような長さの木の棒を持っている。

「よし文之介の兄ちゃん、行くよ」

仙太が宣するようにいい、仲間たちを見渡した。他の六人が力強くうなずく。

「またなんか策を用意してあるのか。でも俺には通じねえけどな」

仙太がにやりと笑って打ちかかってきた。と、すぐに文之介のまわりをまわりだした。

ほかの子供たちも円を描きはじめる。

文之介のまわりを子供たちはぐるぐるまわっている。

おっ、と文之介は思った。これは子供ながらあっぱれな手だ。七人もいれば、確実に一人は背中側にまわれる。それを勘で打ち払ったとしても、横や前から棒は繰りだされてくるだろう。

そこまで考えた瞬間、背中を狙われた気配がした。背中をびしりだ。文之介はびしっと払いのけたが、やはり子供たちはその機を狙っていた。

前から横からいっせいに棒が振りおろされてきた。

文之介は打ち払い続けたが、背中を狙った一撃を体をひねってよけたところ、右から来た棒が目に飛びこんできた。

あっ、と思ったがおそかった。まともに脇腹に入り、げっと文之介は口から妙な声が出たのをきいた。

一度打たれてしまえば、あとはどうなるかもはや見えていた。文之介は打たれっぱなしになった。足を強烈に払われ、どたりと地面に倒れこむ。

よしいいぞ。やれやれ、もっとやれ。子供たちが勢いこんで、さらに棒を打ちおろしてくる。

文之介は体を丸めていたが、さすがに耐えきれなくなり、死んだふりをした。

「あれ、文之介の兄ちゃん、動かなくなっちゃったよ」

そういったのは声からして進吉だ。とりあえず棒きれの雨は降りやんだ。

やっぱり進吉はやさしいなあ、と文之介は思った。

「ふりだよ、ふり」

これは仙太の声だ。

「でも本当に死んじゃってたらどうするの」

「進吉はまだ文之介の兄ちゃんと遊びだして間がないから、知らねえんだよ。これは死んだふりだ。まちがいないよ」

仙太が断言する。

「次郎造、寛助」

「うん、わかった。例のやつだね」

次郎造がうれしそうにいったのが、文之介はとても気になった。なにをやる気だ。

ごろりと仰向けにされた。両足が大きくひらかれる。

なんだ。いやな予感がする。薄目をあけて、そっと見た。目の前に仙太がいて、棒きれを振りかぶっている。棒きれが狙っているのはどこか。

げっ。そこはまずい。

文之介はあわてて立ちあがった。

「てめえ、仙太。一番大事なところを狙うなんざ、男の風上にも置けねえ」

「な、やっぱりふりだったろ」

仙太がにやにやしている。

文之介は地面の上にあぐらをかいた。

「あーいてえ。てめえら、相変わらず手加減てもんを知らねえよな」

「手加減したらつまらないもの」

仙太が大人びた口調でいう。

「一対七なら手加減しても罰《ばち》はあたらねえぞ」

「手加減してほしいの」

「いらねえ。これでも侍の端《はし》くれだからな。一人、助っ人をくれ」

子供たちは顔を見合わせた。

「誰かほしいのはいるの」

「そうだな、進吉がいい」

「進吉、ああいってるけど、どうする」

「おいらはかまわないよ」

一人もらえれば、勝ったも同然だ。進吉を自分の背中に貼りつけさせておけばいいのだから。

今度は文之介の圧勝だった。

次々に足を打たれて、仙太たちは全員が地面にへたりこんだ。

「手加減したほうがよかったか」

「いらないよ」

仙太たちも思いきり汗をかいて、爽快《そうかい》な顔をしている。文之介も同じだった。進吉も、文之介の役に立ててうれしそうだ。

しかしこいつらみたいなのもいれば、掏摸をしなきゃいけない者もいる。誰もが屈託なく遊べればいいのに。

「おまえらは幸せだなあ」

文之介はしみじみと口にした。

「なんでそんなことというの」

「子供って一口にいっても、いろいろいるんだなあ、と思ってさ」

おや。文之介は原っぱの隅に女の子がいるのに気がついた。遠くて顔はわからない。

「おめえらの知り合いか」

顎をしゃくる。

「いや、知らない子だと思うよ」

あれ。もしかして。文之介は気がつき、近づいていった。

女の子は、三つくらいの男の子をおんぶしている。男の子は安心したように寝ている。

「やっぱりそうだ。おめえはこの前、会った子だな」

女の子がうれしそうにうなずいた。

「この前はありがとうございました」

ていねいに辞儀をする。それが子供らしくない感じがした。なんというのか、立派すぎるのだ。

「一緒に遊ぶか」

文之介は誘った。女の子はにっこり笑ったものの、ううん、いいんです、と答えた。それからまたていねいに頭を下げて、その場を去っていった。

ちょっと謎めいたところがある子だなあ、と文之介は見送りつつ思った。

「でも、かわいい子だな」

我知らずつぶやいていた。

「今の誰」

仙太がきいてきた。いつの間にか子供たちがそばに来ていた。

文之介は仙太に笑いかけた。

「おめえ、惚れたな」

「ば、馬鹿、なにいってんの」

「仙太、なにあわててんだ。図星だったか。まあ、無理すんな。俺がおめえだったら、まちがいなく惚れてるよ」

仙太は真っ赤な顔をしている。それでも歯を食いしばるような顔で言葉を返してきた。

「文之介の兄ちゃん、そういえばお師匠さんとはどうなったの」

「弥生ちゃんか。どうにもなんねえよ」

「勇七兄ちゃんに取られちゃったの」

「まあ、そうだ」

「ふーん、だらしないね」

「うるさい。うまくいかねえことなんて、この世の中、いくらでもあるんだ」

「ねえ、文之介の兄ちゃん。今の子、なにか隠してるんじゃないの」

文之介は目を向けた。

「なんだ、進吉。どうしてそんなこと、いうんだ」

「いや、なんかそんな気がしただけなんだけど」

進吉は子供が味わってはならない辛苦を経てきている。それだけに、女の子のそういうところを感じ取れるのかもしれなかった。

文之介は顔をあげ、もう姿が見えなくなった女の子のほうを見やった。

五

お春がかんざしを取りあげた。

「ねえ、おじさま、これ似合う」

赤い玉が斜めに三つ並んだ玉かんざしだ。それを髪にそっとさす。

「うむ、なかなかいいぞ」

お春がぷっとむくれる。

「もう、おじさま、なにを選んでもそれしかいわないんだから」

丈右衛門は首筋をかいた。

「お春はなんでも似合うんだよ」

文之介が子供たちと遊びに出ていったあと、丈右衛門はお春と一緒に永代橋を渡り、深川のほうまで出てきたのだ。

もう二刻になるのに、お春の好奇の心はまったく衰えを知らず、次々に新しい店を見つけては足を踏み入れてゆく。

その若さだけではない疲れ知らずのたくましさに、健脚が自慢の丈右衛門も大石を引きずらされているような重さを感じている。

丈右衛門たちがいるのは、富岡八幡宮の門前町だ。この町には参詣客《さんけい》目当ての店がたくさん並んでいるが、櫛《くし》やかんざし、笄《こうがい》、元結《もとゆい》、紅《べに》など女客に的をしぼった店も数多い。

「おじさま、疲れたの」

丈右衛門は苦笑を浮かべた。

「正直にいえば、引っぱりまわされる以上に疲れることはないな」

「そう。だったらどこかで一休みして、お茶でも飲みましょうか」

「ああ、そうだな。お茶だけでなく、甘いものもほしいな」

門前町の奥手にある、よそよりもやや空いている水茶屋を見つけ、そこに腰をおろした。

ほかの茶屋はかなりこんでいたが、ここはさほどでもない。

赤い毛氈《もうせん》の敷かれた縁台に腰をおろして、丈右衛門は茶と団子、饅頭《まんじゅう》を頼んだ。

注文の品はすぐにやってきた。

丈右衛門はまず団子をためしてみた。

「おいしい」

お春にきかれ、丈右衛門はうなずいた。

「まずまずではないか」

お春が小さく笑う。

「おじさまの、まずまずは、あまり、という意味ですものね」

お春はささやくようにいってから、団子を手にした。

「あら、まずくはないわ。本当にまずまずといった感じ」

「そうだろ。こりゃうまい、とほれぼれするほどではないが、けちをつけるほどでもない」

丈右衛門は饅頭にかぶりついた。

「ふむ、こいつもまずまずだな」

お春も茶を喫してから、饅頭に手をのばした。にっこりと笑う。

「こっちはとってもおいしいわ。砂糖を惜しまずつくってあるとはいわないけれど、これだけ甘みがあれば、おじさまの疲れも取れるんじゃないかしら」

「甘い物が疲れにいいのはわかっているが、お春、まだ買い物を続ける気なのか」

「もうやめるなんて、一言もいってません。一休みするだけですもの」

丈右衛門はさすがにうんざりした。

「もうよかろう。な、お春」

ほとんど懇願だ。

「そんな顔、見せられては無理強いもできないわ。だったら、あと三軒、つき合ってください」

「三軒だな。お春、それ以上、増えることはないな」

丈右衛門は念を押した。

「そんなに怖いお顔、しなくたって。はい、その通りです。あと三軒です」

三軒という約束をお春はたがえることはなかったが、一軒一軒が長かった。しかも、一軒終えると、次の店までかなり歩かされた。富岡八幡宮からいつしか南本所のほうまで来ていたのだ。

その間に、これまで町廻りで知り合った多くの者が次々に声をかけてくるのにも疲れた。

「こりゃ御牧の旦那、お久しぶりですねえ。そちらは娘さんですか」

いや、ちがう。そう答えると、次の瞬間、ではもしかして、という顔に誰もがなるのだ。隠居して娘のような妾を持った、と思われている。

「知り合いの娘さんでな」

そう答えてはみるものの、信じてくれる者はほとんどいない。

ようやく三軒目が終わり、お春は紅を一つ買った。

「お春、これだけ歩いて、それだけか」

「だって買い物が目当てじゃないですもの」

「どういうことだ」

「店を冷やかして歩く、これが楽しいんですよ」

これは男にはどうにも理解できないことだな、と思わざるを得ない。

丈右衛門は買い物自体が好きではなく、なにか買うことになったら、まっすぐにその店に行き、必要な物を買ったらさっさと出ることに決めている。決めている、というより、そうする以外にどうしようもない。冷やかすことが楽しいなどというのは、心のどこを捜しても出てくるものではなかった。

わずかに日は傾いていた。明るさはさして失っていない。刻限は八つ半くらいだろう。

「お春、腹は空いてないか」

お春が笑みを向けてきた。やっぱりかわいい顔をしているな、と丈右衛門は思った。これなら文之介が惚れるのも無理はない。もっとも、文之介は顔だけが好きなわけではなく、お春という娘にぞっこんなのだ。

「ええ、とても」

「蕎麦切りでも食べるか」

「おいしい店がこのあたりにありますか」

丈右衛門はうなずいた。先ほどから見当をつけている。

「ああ、ある。とてもうまい店がな」

丈右衛門がお春を案内したのは、深川南森下町の喜島という店だ。

刻限が刻限だけに、そんなにこんではいなかった。それでも、空いている刻限を狙っているのか、どこぞの隠居らしい者たちが一本の徳利を前に蕎麦を満足げにすすりあげている姿が目立った。

「ああ、いらっしゃいませ」

店主が寄ってきた。

「これは御牧の旦那、ご無沙汰《ぶさた》いたしております」

「おう、あるじ、本当に久しぶりだな」

店主がお春に目をやる。そのかわいさにやや驚いた顔をした。

「こちらは。娘さん、いらっしゃいましたっけ」

丈右衛門は面倒くさくなった。

「実はいたんだ」

お春が楽しそうに笑い、店主に挨拶した。

「娘の春です。どうぞ、よろしく」

これはごていねいに、といった店主がまじめな目を丈右衛門に向けてきた。

「御牧の旦那は隠居されたんですよね。今日は、お仕事でいらしたんですか」

「仕事だと。なんのことだ」

「ああ、ちがうのですか」

なにをいっているのか、と丈右衛門は思った。視野の隅に、ちらりと知った顔が入ったように感じた。

見ると、格子窓の際に座っていた鹿戸吾市が腰をあげるところだった。向かいにいるのは中間だ。

吾市は笑みを浮かべて近づいてくる。中間も立って、つきしたがっている。

「これは御牧さん、お久しぶりです」

頭を下げた。

「おう、吾市、元気そうだな」

「御牧さん、一緒にいかがですか」

「いいのか。張りこんでいるんだろ」

「そうですけど、出そうにないもので」

「なにを張っているのか知らんが、こんなふうに目を離した隙に出たりするものだぞ」

吾市がぎょっとして格子窓に目をやる。中間も同様だ。

吾市が頭をかく。

「御牧さんもお人が悪い。でも本当にいかがですか」

丈右衛門はお春を見た。お春は、かまわないですよ、というようにうなずいた。その瞳には、なぜ張りこんでいるのか知りたい、という気持ちが濃く出ていた。

「そちらの娘さんは」

吾市が問う。やや好色そうな色が瞳にはあった。

「知り合いの娘だ。おぬしも知っているだろう。三増屋の娘だ」

「ああ、三増屋の……」

奉行所の一員だけあって吾市は、どんな事件があって丈右衛門と三増屋が深く結びついたかをよく知っている。

丈右衛門とお春は座敷にあがり、格子窓のそばに行って腰をおろした。

向かいに吾市があぐらをかいた。中間は格子窓にかじりつくようにしている。

小女が持ってきた茶を喫しつつ、丈右衛門は吾市にたずねた。

「なにを張っているんだ」

横でお春も目を輝かせている。

「掏摸ですよ」

吾市が他の客にきこえないようにささやくようにいって、説明を加えた。

「ほう。その掏摸は子供なのか」

「ええ、そうです。でも、子供といっても相当の手練のようです」

「文之介はこのことを知っているのか」

「もちろんですよ。この店を張りこみの場に選んだのは、文之介ですから」

なるほどな、と丈右衛門は思った。この店を教えたことはないが、文之介は蕎麦に関しては鼻がきく。うまい店を見つけることにかけては、おそらくわし以上だろう。

「でも、あまりやる気はないようですが」

そうか、と丈右衛門は思った。あいつの性格からして、気が進まないのだろう。

丈右衛門ははっとした。いや、気が進まないどころかもしかしたら……。

今朝、あいつはなにか話したそうにしていた。このことではなかったのか。

「それから御牧さん、気になることが一つあるんですが」

丈右衛門は黙って耳を傾けた。すぐに吾市の話は終わった。

「ふむ、釜石屋の番頭の都志之助か」

「やはりご存じでしたか」

「しかし吾市、その父親の形見の話、おかしくないか。やつはそういう男ではないぞ」

「ええ、それがしもそう思ったからこそ、御牧さんにこうして打ち明けたんです」

「しかも一両くれたのか。その紙が本当の目的だろうな」

「なにが書かれているか、おわかりになりますか」

その真剣な顔に丈右衛門は苦笑した。

「吾市、わしを買いかぶりすぎだ。わかるわけがない」

六

勇七が青山の前で待っていた。

「すまねえな。ちょっとおくれちまった」

文之介は謝った。

「いいんですよ。子供たちがなかなか放してくれなかったんでしょ」

「そういうこった」

文之介は建物を見た。さすがに大きい。よその店より巨大な扁額が、文之介たちを見おろしていた。ただ、あるじの意図があるのか、そんなに威圧するような感じはない。

文之介はさすがに気が重い。ぐっと腹に力をこめ、ふうと息をついた。

「よし勇七、行くか」

文之介は暖簾を払った。

「いらっしゃいませ」

大声というわけではないが、張りがあってつやのある声がいくつか飛んできた。このあたりはさすがに大店だ。奉公人はよくしつけられている。

「ああ、これは御牧さま。ようこそいらしてくれました」

顔なじみになっている手代だ。

「店のほうから悪いが、お克に会いてえんだ。臥せっているときいたものでな」

「ありがとうございます」

手代が頭を下げる。

「今、奥に行ってまいります。少々お待ちいただけますか」

手代が小走りに走り去る。

すぐに戻ってきた。

「失礼いたしました。はい、お嬢さまも是非お会いしたいということです」

これには文之介はほっとした。拒否されるのでは、と思わないでもなかったのだ。

手代の先導で長い廊下を歩く。以前、この家に盗っ人が入ったときの調べでやってきたが、やはりこの屋敷の広さには驚かされる。

その後、手代から女中に案内役が代わった。こちらです。奥の一室の前にやってきた。

「お嬢さま」

女中が声をかける。

「どうぞ」

か細い声がした。

お克の声なのか。文之介は首をひねった。お克の声はもっとしわがれて太いはずなのに。

襖がひらかれる。

「どうぞ、お入りください。お嬢さまがお待ちです」

文之介たちが部屋のなかに進んでゆくと、敷居際で一礼した女中が襖をそっと閉めた。

部屋は明るかった。南側に向いた障子が大きくひらかれ、たっぷりとした陽射しで満たされている。

うん、と文之介は首をかしげた。部屋のまんなかに布団が敷いてあるのだが、その上にぽつねんと座しているのは見知らぬ女だったからだ。うしろを振り返ると、勇七も怪訝そうな表情をしていた。

「どうぞ、文之介さま、勇七さん、こちらにお座りください」

やはり声はか細いが、どこかお克らしい響きが感じられる。

「お克なのか」

文之介は声を発した。

「ええ、そうですよ」

文之介はお克が手で示した場所にとりあえず腰をおろした。うしろに勇七が座る。

心の底から驚いた。やせてやつれているが、お克はきれいになっているのだ。まるで別人といえた。

「見舞いにいらしてくれて、ありがとうございます。とてもうれしいです」

お克の顔にはなんともいえない色っぽさがあって、その潤《うる》んだような瞳に見つめられ、文之介はどきっとした。

ちらりとうしろを見る。勇七も目をみはっているが、どこかいぶかしげな色は隠せない。

失礼いたします。襖の向こうから声がした。顔をのぞかせたのは、お克の母親だ。名は確かお喜美《きみ》といったはずだ。

こうしてやせたお克とくらべて見ると、やはり親子らしくそっくりだ。

膝を進めた母親が文之介たちに挨拶する。わざわざ見舞いにいらしていただき、ありがとうございます。

「いや、いいんだ。顔をあげてくれ」

お喜美は涙ぐんでいた。

「こんなにやせてしまって、いったいなにがあったのか、この子いおうとしないんです」

そうなんだろうな、と文之介は下を向いて思った。

お克は、深い色を瞳にたたえているだけだ。

結局、文之介はなにもいえず、見舞いの品として持ってきた饅頭の包みを渡したのみだった。

四半刻ほど無言のときをすごしたのち、外に出た。

布団の上でお克は静かに頭を下げ、文之介たちを見送った。

外に出て、勇七が待ちきれないようにきいてきた。

「ねえ旦那、いったいなにがあったんです。なにをいわれても怒りませんから、話してもらえませんか」

勇七が懇願するようにいう。

文之介は無視して歩き続けた。怒らないはずがない。

「ねえ、旦那。頼みますよ」

それもきこえない顔で文之介はひたすら足を運んだ。

しかし勇七もあきらめない。話してほしい、の一点張りだ。

文之介のほうが根負けした。くるりと振り向いて、勇七にただす。

「本当に怒らねえんだな」

「怒りませんよ。誓います」

「よし、いいか。本当に怒るなよ」

文之介は正直に語った。ただし、お克に押し倒されかけたことはいくらなんでも口にできなかった。

「なんですって、お克さんのことをでぶ呼ばわりしたんですか」

勇七が納得した顔になる。

「だからあんなにやせちまったのか。――どうしてそんなことをいったんです」

「弾みだ」

「弾みで。弾みで、てめえはそんなことをいったのか」

勇七の顔色が変わっている。文之介は襟首をつかまれ、路地へ引きずりこまれた。

どしん、と商家のものらしい黒塀に背中がついた。

「おめえ、怒らねえっていったじゃねえか」

「怒ってんじゃねえや。猛烈に腹を立ててるんだよ」

「同じじゃねえか」

勇七は、文之介の襟首をつかみ直した。

「てめえ、いったいどういうつもりでそんなことをいったんだ」

「だから弾みだ」

「弾みで人の気持ち、傷つけやがって。許さねえぞ」

襟首を放すや、勇七が殴りかかってきた。拳が顎をとらえる。

がつ、と鈍い音がきこえたと思ったらがくりと膝が折れた。文之介は、痛えな、と顔をしかめつつ、次の拳がやってくるのを見た。それは躊躇《ちゅうちょ》なく頰をめがけていた。首が赤子のようにぐらりとし、頭のなかで火花が散った。今度は立っていられそうになかった。

勇七の怒りは本物だ。拳はこれまで味わったことのない強烈さを秘めている。

文之介はかろうじて立っていた。また拳が飛んできた。また顎にきた。骨がきしむような衝撃とともに文之介は塀に背を打ちつけた。手のひらで塀を探る。そうすることで、崩れそうになる体を支えた。

次はどこにくる。文之介はかすみそうになる目で勇七を見た。

勇七は動きをとめていた。文之介をまじまじとのぞきこんでいる。

「どうして殴られるままでいるんです」

文之介は口の端から流れた血を手の甲でぬぐった。

「俺が悪いからだ」

勇七がじっと見る。

「なにかわけがあるんですね」

「ねえよ」

文之介はぺっと血の唾を吐いた。

「すみませんでした」

勇七が頭を下げる。

「なに謝ってんだ」

「いえ、だって旦那にはなにか理由があったのがわかりましたし、それになにより中間のあっしが旦那を殴りつけるなんて、決してあってはならないことですから」

文之介は笑ってしまった。

「今さらなにいってんだ。子供の頃のことはともかく、俺についたこの二年だけに限ってもさんざん殴ってくれたじゃねえか」

「そうでしたね。すみません」

「だから、謝ることなんかねえって。俺は気になんかしちゃあいねえよ」

文之介は塀から背中を引きはがした。

「それにな勇七、どんなことがあろうとも、男が口にしちゃなんねえっていうものはあるんだろう。俺がお克にいったのも、その手のことだ。おめえに殴られるのも当然だ」

七

蕎麦切りをすすった。

ほう。鹿戸吾市は嘆声を漏らした。

丈右衛門がなじみにしているらしいだけのことはあって、さすがにうまい。なによりこの麺《めん》の腰はすばらしい。それに、つゆもだしがちゃんと取られ、しっかりしている。

こういううめえ店、御牧さんはいくつも知っているんだろうなあ。

できればすべてを教えてほしかったが、そういうのは自分の足で見つけるものだ、といわれるのがせいぜいだろう。

ということは、この店を文之介のやつは自力で見つけたということになるのか。

やつは親に似ない甘ったれのぼんくらだが、毎日、本所深川のほうをまわっていれば、こういう店を捜しだすのはそれほどむずかしくないにちがいない。

吾市は、格子窓越しに鋭く目を走らせた。必ずひっとらえてやるからな。まだ見ぬ掏摸に向かってつぶやいた。

「なんですかい」

中間の砂吉《すなきち》が顔をあげてきく。

「なんでもねえ。独り言だ」

砂吉がまた蕎麦をすすりはじめた。

きっととらえてやるからな。

吾市は胸のうちへ言葉を吐きだした。子供だからといって遠慮するつもりはない。

いや、子供だからこそ、一刻もはやくとっつかまえる気になっている。

まだつかまったことがないらしいから、腕はまっさらきれいなものだろう。その腕に、俺が最初にとらえたという証を彫りこんでやるのだ。

吾市は、つかまえることでの立ち直りなどはなから期待していない。

掏摸を生業《なりわい》にしようなどという者は、最初から腐っているのだ。そういう輩に立ち直りなど期待するだけ無駄なことだ。とっとと四度とらえ、死罪にしてやったほうが江戸の町民のためだ。

吾市はざるに残った最後の二本をつゆにつけ、すすった。

小女が蕎麦湯を持ってきた。つゆを割って飲む。うまかった。

「いやあ、こいつはいいですねえ」

砂吉も満足そうだ。

「ここのあるじ、たいした腕前だな」

「まったくで」

吾市は蕎麦湯を飲み干した。ぷはあ、と息を吐く。

それにしても父の形見か、と思った。丈右衛門のいう通りだ。あの都志之助はそんなたまではない。

古株で仕事熱心という評判だが、それだけの男では決してない。なにか隠しごとをしている雰囲気が濃厚にある。

裏になにかある。

犯罪のにおいだ。岡っ引にこれを教えてやれば、きっと金にするのだろう。

だが、吾市には金に対する興味はさほどない。あればうれしいが、吾市が心から欲しているのはなによりも手柄だ。

紙。そう財布にしまわれているという紙だ。丈右衛門がいうまでもなく、吾市はその紙に興味を惹かれていた。

大事な取引のことが記されている、と都志之助はいっていたが、取引に関することを財布にしまっているとは思えない。

なにか別のことだ。

それを知りたくて吾市は丈右衛門にきいてみたのだが、やはりそれだけではさすがの丈右衛門もわからなかった。

よし、と吾市は心のなかでうなずいた。

とにかく、俺がまずすべきことは子供の掏摸をとらえることだ。次に、都志之助の秘密を暴くこと。

そうすれば、いっぺんに二つの手柄を立てることができるだろう。

二つの手柄か。

もしかしたら、奉行じきじきにおほめの言葉があるかもしれない。それは名誉だ。父や祖父も、そんなことは一度もなかった。

吾市は自然と頬がゆるんできたのを感じた。

砂吉が、どうかしたんですかい、といいたげに見ている。

吾市はにらみつけた。砂吉があわてて目をそらす。

野郎、と吾市は都志之助の面影に向かっていった。覚悟しておけよ。

初夏らしい風が吹きすぎ、塀に囲まれた路地の土を巻きあげていった。

「くそっ、いやな風だ」

番頭の都志之助はしかめた顔を横に向け、唾を吐きだした。

「大丈夫ですか、番頭さん」

手代の斧二郎《おのじろう》がきく。

「ああ、大丈夫だ。ちょっと土が口に入っただけだ」

「そうじゃありませんよ」

斧二郎が顔の前で手を振る。

「すられた財布ですよ」

「大丈夫だよ」

「本当ですか」

いかにも危ぶむ顔だ。

「もうあきらめて、放っておいたほうがよかったんじゃなかったですか」

「馬鹿をいうな。二百両だぞ」

声を荒らげたが、ここが釜石屋のすぐ脇の路地であるのを思いだし、声を低めた。

「だいたいおまえがちゃんと覚えてりゃあ、こんな危ない橋を渡らずにすんだんだ」

斧二郎が冷笑を浮かべる。

「それはお互いさまでしょう。あの紙は番頭さんが持ってたんですから」

「うるさい。おまえのせいだ。おまえが書いて、俺は預かっただけだ」

「冗談じゃありませんよ」

斧二郎が向きになっていう。

「だいたいすり取られるなんて、番頭さんが間抜けすぎるんですよ。いったいなにをやってるんだか」

「てめえ、誰にものをいってんだ」

「すごんだって駄目ですよ」

都志之助は息を入れて落ち着こうとした。

「とにかく、ここはいい争いをしている場合じゃねえ」

「まあ、そうですね。その鹿戸という同心ですが、信用できるんですか」

「信用はならねえ」

「えっ。だったらどうして」

「おつむがよくねえんだよ」

都志之助は鼻の先で笑った。

「だからごまかすのなんて、なんでもねえんだ」

八

顎と口の端がひりひりする。頬もさわると痛い。

勇七がすまなそうに見ている。

「なんだ、勇七、なんでそんな顔、してるんだ」

文之介は格子窓の向こうに目を当てながら、いった。喜島の主人がつゆづくりをはじめたようで、だしのにおいがしてきた。

「いえ、痛そうなんで」

「たいしたこと、ねえよ」

文之介は一つ思いだした。

「こんな傷より、子供の頃の傷のほうが痛えよ。勇七、おめえ、覚えてるか。俺がおめえに思いきり殴られたときのこと」

勇七が困ったように下を向く。

「ええ、覚えてますよ」

文之介は正面に顔を向けた。勇七がそっと目をあげる。

「なんだ勇七、その顔は。親とはぐれ、土砂降りの雨に打たれて、三日もなにも食べてねえ子犬みてえだぞ」

勇七がくすっと笑う。

「ずいぶん不幸続きの子犬ですね」

「それより勇七、あのときどうしておめえ、あんなに思いきり俺を殴ったんだ」

「覚えてないんですかい」

「なんとなくは覚えている。でもはっきりとしたのはねえな」

「怒らないできいてくださいよ。旦那にしたら、あまり思いだしたくないことかもしれないですから」

「思いだしたくないか。ふむ、わかったよ。きこう」

文之介は格子窓の外に目を向けつつ、勇七の話に耳を傾けた。

文之介と勇七がまだ九つくらいのときだった。文之介は、女の子の着物の裾をまくりあげ、太ももをあらわにしては女の子が恥ずかしがるところを見るのを一番の楽しみとしていた。

「ちょっと待て、勇七」

話の腰を折るのを承知で、文之介は割りこんだ。

「そのいい方はおかしくねえか。おめえにどうして俺の心持ちがわかるんだ。一番の楽しみってのは、どういう意味だ」

「だって当時の旦那、あれ以外に楽しみっていったら、お春ちゃんと遊ぶことと飯を食うことくらいだったでしょう。お春ちゃんと遊ぶのが一番の楽しみだったといってもいいですけど、あの裾めくりも同じくらい楽しかったはずですよ。女の子を餌食《えじき》にするたび、ものすごくうれしそうな顔していましたもの」

勇七が思いだしたように続ける。

「この前、神田三河町の蕎麦屋で張りこみをしましたよね」

「ああ、商家の手代を脅して金を巻きあげていたやつだろ」

「張りこんでいる最中、風が吹いて娘の着物がめくれあがったの、覚えてますかい」

「忘れたくても忘れねえよ。今でもあの白い太ももは、俺のまぶたの裏にくっきりと刻みこまれてる」

「そうでしょうねえ」

勇七が深くうなずく。

「あのときあっしが、旦那は子供の頃と変わらないな、といったのは本心ですよ。あのときの笑い顔は、裾めくりに精だしていたときとまったく同じでしたから」

文之介は少し落ちこんだ。まだ九つだった自分と今の自分に変わりがないというのは、さすがにこたえる。

まあ、いいや。大人になっても、子供の心を持つというのは大切なことだろうぜ。

「それで、その裾めくりの顚末《てんまつ》はどうなったんだっけな」

「旦那は、南紺屋町《みなみこんやちょう》の団子屋、覚えてますかい」

「ああ、覚えてるぞ。でもこの前、親父が亡くなって店は閉じちまったみてえだな。悲しいなあ、ああいう腕のいい親父が死んじまうと。もう二度とあの団子の味は戻ってこねえってことだし」

「ええ、そうですね。——五のつく日になるとあそこの団子を二串、必ず買いに来ていた女の子がいましたよね」

「ああ、いた、いた。なかなかかわいい子だったぜ。——ああ、そうだ。おめえ、あの子に惚れてたんだよな」

いいつつ文之介は、あれ、と勇七を見つめた。考えてみれば、子供の頃こいつはかわいい子が好きだったんだよな。それがどう変わって、お克がいいと思うようになったんだ。

きこうとしたが、お克のことに話題が戻るのがいやで、文之介は黙った。

「ええ、そうですよ」

勇七は照れるでもなく答えた。

「あの日は九月五日で、女の子が団子を買いに来る日だったんです。あっしはとめたんですが、旦那は裾めくりをやる、といい張り、団子屋の近くであの子を待ち伏せしたんです。あっしは近くの路地にいました」

あの子があらわれ、いつものように団子を二串買った。包んでもらい、大事そうに両手で持った女の子が歩きはじめた。文之介はうしろから近づき、思いきり裾をめくりあげた。

女の子は悲鳴をあげて驚き、団子を取り落としてしまった。落ちた拍子に団子は包みから飛び出て、土にまみれてしまった。

「旦那は、あの子がどうして五のつく日に団子を買いに来ていたか、知ってますか」

「いや、知らねえ。勇七は知っているのか」

「ええ、あの子からききましたから。あの子には下に弟が三人いたんです。裏店住まいで貧しい一家です。四人兄弟の唯一の楽しみがあの団子だったんですよ。貧しいから十日に一度しか食べられず、弟たちにわかりやすいように五のつく日と決めていたようです」

「そうだったのか……」

「二本の団子を四人でわけ合って食べていたそうです。旦那はつまり、その兄弟の楽しみを、あんなくだらないことで奪ってしまったんです」

「それで怒っておめえは」

「いや、あっしが怒ったのはそういうことじゃありません」

文之介は勇七の言葉を待った。

「旦那は女の子が団子を落としたのを見ていたはずなのに、知らんふりをして走り去ってしまいましたよね」

「ちょっと待て、勇七」

文之介はあわてて手を振った。

「あの子が団子を落としたなんて俺は知らなかったぞ。本当だって」

「旦那のことだから、知らないのかな、とあっしも思いましたけど、あのときは怒りのほうが先に立って、旦那に事情をきこうなんて思わなかったですね」

文之介はありありと思いだした。

「だからおめえ、俺を見つけたとき、有無をいわさず殴りつけやがったんだな」

文之介はため息をついた。

「確かに殴られても仕方ねえ、ひでえことをしたよな。――ところで勇七、団子はどうしたんだ。あの子、土にまみれたまま持って帰ったのか」

「あっしがお詫《わ》びの印に四本、買いましたよ。あの子は恐縮してましたけど、受け取ってくれました」

「そうか、そいつはよかった」

文之介は目の前に置かれている湯飲みに手をのばし、冷めきっている茶を喫した。

「その後、あの子とはどうなったんだ。うまくいったのか」

「いえ、あのあと団子屋の前で何度か会いましたけど、いつからか来なくなってしまいましたね。それっきりです」

「なんだ、どこに住んでいるのか、きかなかったのか」

「旦那じゃあるまいし、あっしはそんなこときけやしませんよ」

「そうか。もったいねえこと、したな」

「いや、いいです。今は……」

勇七がお克の面影を思い浮かべているのは明らかだ。

文之介は見ていられず、また外に目を転じた。

「しかしあらわれねえな」

掏摸の子供たちは、また仕事をやめてしまったのかもしれない。

ある程度稼ぐと、すっぱりやめる。そのあたりはどうやらしっかりしているようだ。

今回、子供たちがしてのけた仕事は全部で四件。稼いだと思える金は五両ほどだ。それで子供たちがどれくらい暮らせるのかわからないが、前回も八両弱を稼いでそのあと三月ほどあいだがあいた。

今回は五両で満足しているのか。それともまだやるつもりなのか。今は息をひそめているにすぎないのか。

文之介の勘では、まだやる、というものだ。おそらく五両程度の稼ぎではつらいはずだ。子供たちはなにか事情があって、掏摸をやっている。

しかも文之介が焦りを覚える理由に、吾市がやたら張りきっているということがある。やる気満々なのだ。

吾市に先んじないとならない。しかしいい手立ては見つからない。

「どうしたらいいかな」

文之介は勇七に問うた。

「やっぱりご隠居に相談したほうがいいですよ」

勇七はこの前と同じ言葉を口にした。

「いやだ。決して親父になど、相談せんからな」

文之介は意地になって返した。

勇七があきれ顔になる。

「どうして旦那はそんなに餓鬼なんですかねえ」

「餓鬼でけっこう。俺のことを子供の頃から変わらないっていったのはおめえだぞ」

「確かにいいましたけど、別にいい意味でいったわけじゃないですよ。旦那が子供たちを救いたいと思っているんだったら、どんな手立てを取ろうと体面なんかかまわないはずですがね」

そうだな、と文之介は反省した。勇七のいう通りだ。父に相談したい気持ちはあるが、どうしても自分の意地のほうが先立ってしまう。

「子供たちのためか……」

よし、今日帰ったらさっそく親父に話してみるか。

文之介は決意し、湯飲みを傾けて茶を飲み干した。勇七が、おかわりを注いでくれる。すまねえな。文之介は湯飲みを取りあげ、熱い茶をすすった。

そのときだった。掏摸だっ、という叫び声がきこえた。

文之介は、茶を噴きだした。勇七の顔にまともにかかる。

気にせず、勇七が立ちあがった。文之介は黒羽織を手にした。

「旦那、はやく」

顔を手の甲でぬぐった勇七が暖簾を払い、駆けだした。文之介はあるじに、すぐ戻ってくるからな、といい置いて走りはじめた。

勇七は文之介の十間ほど前を走っている。勇七の先に走っている男がいた。

男はどこかの手代らしい格好をしている。掏摸を追いかけているのだ。

文之介は遠くに目を投げた。猛然と土埃《つちぼこり》をあげて逃げている男がいる。あれが掏摸の子供か。走りながら目を凝らしたが、背は低い。かなり低い。

まずいぞ、と文之介は思った。もしあの手代にとらえられたら、どうしようもない。もみ消すなど、夢になってしまう。

だが、手代は疲れたようで、走りが鈍くなった。やがてあきらめたらしく、へたりこんだ。勇七が追い越してゆく。

文之介は手代を追い越す際、そこで待ってな、と命じた。文之介を定町廻りと認めた手代がほっとしたようにうなずく。

勇七と掏摸との距離が縮まってゆく。あともう三間ほどしかない。

勇七が腰から捕縄《ほじよう》を取りだし、二間までせまったところで投げつけた。

びしっという音がきこえてくるようなすばらしい投げ方で、矢のようにのびた捕縄は掏摸の足にものの見事に巻きついた。

掏摸は石につまずいたように地面に転がった。あわてて立ちあがろうとしたが、そのときには勇七が馬乗りになろうとしていた。

文之介は駆けつけ、掏摸の前にまわって顔を見た。ほっかむりをしている。はぎ取った。

ちがう。子供ではない。背は低いが、立派な大人だ。

文之介は男の腕を取り、袖をまくった。入れ墨は二本。

子供でなかったことに、文之介はほっとした。

勇七が文之介を見あげている。

「勇七、縄を打ちな」

この言葉がないと、奉行所の中間は賊を縛ることはできない。

へい、と答えて勇七がぐるぐると男を縛りあげた。

「よし、番所に連れてゆこう」

勇七が男を立ちあがらせた。

「その前に、あの手代のところに行かなきゃな」

文之介は掏摸の懐に手を入れた。財布があった。なかをあらためる。小判や一分金などで、五両ほどが入っていた。

「おめえ、一人で仕事をしているのか」

ふつう掏摸というのは、何人かで組んでするものときいている。すり取ったお宝の受け渡しをするためだ。そうしておけば、つかまっても証拠がない、ということになる。

「そうですよ。一人のほうが性に合っているんでね。稼ぎはすべて自分のものだし」

そういわれて、文之介には迷いが出た。大人の掏摸はこうしてつかまえ、子供は、というのはおかしくないか。

いや、将来こうならないようにするためだ、と男を見て文之介は思った。

手代に財布を返し、その後の奉行所への道中、文之介はとらえた掏摸に子供の掏摸についで心当たりがないか、たずねた。

男は薄ら笑いを浮かべ、知りませんよ、といった。

本当に知らないのかもしれないが、すっとぼけているだけかもしれない。同じ稼業の仲間だ。売るはずがなかった。

掏摸を牢に入れて、表門のところに戻る。

「勇七、でかした。でも大丈夫か」

「なにがです」

「茶が顔にかかっただろ。そっちだ」

勇七が快活に笑う。

「あのくらいなんでもないですよ。もう汗と一緒に流れちまいました」

九

掏摸の顚末を又兵衛に報告し、詰所で日誌を書いた。

そのあと、文之介は屋敷に戻った。

屋敷は無人だった。

「なんとも不用心だな」

つぶやいたが、八丁堀に忍びこむ盗っ人がいるとも思えない。

「でも、親父はどこへ行ったんだ」

文之介としては、掏摸をつかまえるためにたっぷり汗をかいたこともあり、湯屋に行きたくてならなかった。

手ぬぐいを持って屋敷を出る。

いらっしゃい。文之介は六文を払った。八文の湯屋も多いが、ここは六文だ。

さっそく洗い場に行く。

あれ。文之介は声をだした。そこに父がいたからだ。

幼い頃から見続けた父の背中。見まちがえるはずがない。

離れて座るのもどうかという気がして、文之介は横に並んで腰をおろした。

丈右衛門が気づいた。よお。

「父上、もっとはやく来られたらいかがです。こんな刻限では湯は汚いでしょう」

「別に気にもならん。それに、湯をわしの垢《あか》で汚してはすまんからな」

丈右衛門は手ぬぐいでごしごし体を洗っている。

「父上、背中を流しましょうか」

湯屋には三助という背中流しをもっぱらにする者がいる。

ただし、祝儀が必要だ。丈右衛門ならただでやってもらえるだろうが、そういう奉仕の類《たぐい》はまず受けないだろう。

「ほう、やってもらおう」

丈右衛門がうれしげに声をだす。

「強めにやってくれよ」

文之介は丈右衛門の背中を流しはじめた。子供の頃はとてつもなく大きく見えた父の背中がどことなく小さく見えて、寂しさを覚えた。

「なんだ、文之介、弱くなったぞ」

すみません。文之介はあらためて力をこめ、手ぬぐいを上下に動かした。

「もういいぞ。さっぱりした」

文之介は肩から背中に湯を流した。丈右衛門が振り返る。

「お礼にわしも流してやろう」

「父上にそのようなこと、させられません」

丈右衛門がにこりと笑う。

「いいんだよ。やらせろ」

父がぐいぐいとこする。痛いくらいだったが、文之介にはそれがうれしかった。

「文之介、おまえ、ずいぶんたくましくなったな」

「はあ、ありがとうございます」

「どうだ文之介、たまには二人で飲まんか」

珍しいことがあるものだ、と文之介は思った。父に飲みに誘われるなど、正式に同心になってからはじめてではないか。

いや、それともこの父のことだ。昨日、俺が話しかけてやめてしまったことを、気にかけているのかもしれない。

文之介はようやく気づいた。父はこの湯屋で待ってくれていたのだ。

「いいですね。行きましょう」

湯屋を出た二人が腰を落ち着けたのは、船松町《ふなまつちょう》二丁目にある江木《えぎ》という煮売り酒屋だ。

「あれ、親子でいらっしゃるなんて、珍しいですね」

厨房から声をかけてきたのは、あるじの輪造《りんぞう》だ。

ときおりどういう加減かこんでいないときがあるが、今夜は客が一杯だ。

小女として働いているおゆいが二人を座敷の右手のほうに案内してくれた。ていねいに間仕切りを立てる。

「ありがとな」

丈右衛門が礼をいうと、おゆいはうれしそうにほほえんだ。冷や酒と肴《さかな》を適当に頼む。

すぐにおゆいが酒を持ってきてくれた。

「お待ちどおさまです」

丈右衛門と文之介に最初の一杯を注いでくれた。

「おう、すまねえな。でもおゆいちゃん、珍しいじゃねえか」

文之介が問うと、おゆいは小首をかしげた。

「なにがです」

「いや、俺が来ても酌などしてくれたためしはないぜ」

「丈右衛門さまがご一緒だからです」

「なんだよ、やっぱりそうか」

おもしろくない顔で文之介は杯を一気に干し、手酌で注いだ。

「そんなにひねくれるな」

丈右衛門がなだめる。

「ひねくれているのは子供の頃からです」

「いや、おまえはひねくれてなどいなかったぞ。素直な子だった。それは、今も変わっておらん、とわしは思っているがな」

まあ飲め、と丈右衛門が徳利を傾けた。ありがとうございます、と文之介は受けた。

肴もやってきて前はにぎやかになった。

「文之介、なにか話したいことがあるんじゃないのか」

酒をなめるようにし、鯵の刺身を口に運んだ丈右衛門がきく。

「実はそうなんです」

「話してみるか」

「そのためにここまで来ました」

文之介は、子供の掏摸の罪をもみ消すつもりでいるのを告げた。

きき終えた丈右衛門が間髪《かんはつ》容れずにいう。

「よかろう。力を貸そう」

「えっ、まことですか」

あまりのあっけなさに文之介はむしろ呆然《ぼうぜん》とする思いだった。

「実はな、文之介」

丈右衛門が声を落とす。

「わしもおまえと同じことを、実際にしているのだ」

「えっ、そうなのですか」

文之介は、こんにゃくを煮た物にのばしかけていた箸をとめた。

「誰をそうしたのです」

「盗っ人だ」

丈右衛門が唇を湿すように酒を飲む。文之介はすかさず注いだ。

「その盗っ人をとらえたのはむろんわしだ。何度も何度も盗みを重ねており、このままでは死罪だった。だが、わしは死罪にしたくなかった」

「どうしてそうお考えに」

「同じ長屋や近所の者は、その盗っ人の施しのおかげで飯が食えたり、医者にかかれたりしたんだ。近所の者たちだけではないな、そういう者がほかにも大勢いたんだ」

いわゆる義賊というやつか。

「盗みに入ったのも、大店や大身の武家ばかりだった。盗むのはいつも五両、と決めていた。そのくらいなら盗まれた先もさして痛手ではない」

「それはいつのことです」

「大丈夫だったのですか」

とん、と小気味よい音を立てて杯を置いた丈右衛門が文之介を見る。

「わしのことか、それともその盗っ人か」

「父上になにごともなかったのは、以後、つとめを全うされたことでわかります。おそらく桑木さまもご存じなのではないのですか」

それには丈右衛門は答えなかった。

「盗賊のほうです」

「放免にしたあとやつは隠居した。以来、仕事はしておらんが、今どうしているのかは知らん。とらえられたという話も伝わっておらんから、その後なにごともなかったとは思うが。今はもう六十近くになっていよう」

そのくらいの歳の元盗賊に、文之介はこの前会ったばかりだ。あれは、うどん屋の親父に紹介されて会った年寄りだ。名はきかなかったが、丈右衛門に世話になった口調だった。

もしや、と文之介は人相を口にした。丈右衛門が深くうなずく。

「そうか、やつに会ったのか。ふむ、まちがいないな。そうか、元気にしていたか」

心からうれしそうだ。

「居場所を教えますから、会いに行かれたらいかがです」

「定町廻りがそういう者の居場所を明かしてどうする。心にしまっておけ」

「わかりました」

「それに、やつに会ったところで仕方がない。放免したとき、二度と会わぬ約束をした」

酒を飲み、刺身をつまんで丈右衛門が顔をあげた。

「文之介、その掏摸の子供たちにどうやっておまえの気持ちを伝えるか、それが一番の難題だな」

「それがしもそう思っています」

丈右衛門が思慮深げな表情を見せたあと、口をひらいた。

「この前、吾市からこんな話をきいた」

「鹿戸さんですか」

「そうだ。やつはわしにはなんでも話してくれるからな」

確かにその通りだ、と文之介は思った。俺とは馬がまったく合わないが、父にはなついているらしい。

丈右衛門は、すられた財布のなかに入っている一通の書の話をした。

「どうだ文之介、こいつはつかえるだろう」

第四章　うどん千金

一

体が自分のものでないように動きにくい。

丈右衛門にその理由はわかっている。これは慣れない着物を着ているからだ。

絹でつくられた小袖。これはお春の父親で三増屋の主人藤蔵から借りてきたものだ。

大店の隠居に見えるように、藤蔵が身なりをととのえるのを手伝ってくれた。髷《まげ》も武家のものではなく、町人のものに変えた。

その甲斐《かい》あって、けっこうそれらしくなっているのでは、と丈右衛門は自信がある。

しかしこんな年寄りじみた格好をするのは、さすがにあまり楽しいものではない。丈右衛門としては、常に若い格好をしていたい。

だが、これも自分からいいだしたことだ。今さら文句はいえない。

それに、せがれの役に立つ、というのは父親として悪くない気分だ。

丈右衛門は、いかにも楽隠居の年寄りが町をぶらぶらしているという雰囲気を漂わせようとしていた。

ただし、あまり力が入るのもよくないだろう。丈右衛門は自分が藤蔵の父親で、あの店をせがれにまかせて隠居した親父になりきろうとしている。

藤蔵にまかせておけば、安心だ。丈右衛門はそんなことを思ったりしている。

丈右衛門の懐にはわずかにふくらみがある。これはわざとそうしているのだ。あまり目立たせていると、罠《わな》ではないか、と勘繰《かんぐ》られかねない。

ほどほどにしておいたほうがよろしいでしょうね、と藤蔵がいい、丈右衛門も同意したのだ。

本所を中心に、丈右衛門はぶらついている。まわりに文之介や勇七の姿はない。

もし罠として見られたら、子供たちは決して寄ってくることはあるまい。とらえることが目的ではないのだから、文之介たちは必要なかった。

目についた茶屋にときおり寄り、看板娘の尻をさわったりするのを繰り返した。それはそれで楽しかった。

これは旦那、とときに目を丸くしつつ挨拶してくる者がいて、これにはやや閉口した。

矢場にも入り、女たちとともに遊んだ。女たちはときに春をひさぐが、むろん丈右衛門はそこまではしない。

そんな格好を見せつけ続けたが、この日は結局、掏摸の子供たちはあらわれなかった。

駄目だったか。

丈右衛門は明日、出直すことにし、帰途についた。

太陽が沈みつつあるほうへ向かってしばらく歩いたときだ。丈右衛門は気配を感じた。なぞるような目が背中をかすめていったのだ。

来たのか。

丈右衛門は体を緊張させることなく、そのままゆっくりと歩き続けた。

またも目を感じた。一人でなく、三人ほどのものだ。

いよいよ来たか。

いったん目が消え、それがまたあらわれたのは、永代橋近くまで来たときだ。

今度は前から一人、うしろに二人だった。

丈右衛門は前にいる目の主をなにげなく見た。ちっ、と心で舌打ちする。

大人の掏摸だ。

そうだよな、と丈右衛門は反省した。これだけ隙だらけの体をさらしていれば、ふつうの掏摸がまず目をつけるのは当然だ。

さてどうするか。財布を取られるわけにはいかない。中身を知られるわけにはいかないのだ。

ここは深川だ。子供たちの掏摸の縄張といっていいところだろう。

まずは永代橋を渡ってしまうことだ。そうすれば、なにをしても子供たちに見咎められることはないだろう。

そう決断して丈右衛門は早足で歩きだした。

前から近づいてきていた男が、不意に足をはやめた丈右衛門に、おやっという顔になった。すっと脇によけてゆく。

間合をはずした丈右衛門は深川佐賀町を抜けて、永代橋を渡りはじめた。

追いかけてくるかな。

丈右衛門は背中で気配を探った。

来ていた。これはむしろいい兆候だろう、と思った。本物の掏摸が格好の獲物と考えてくれたのだ。

永代橋を渡り終えて、丈右衛門は緊張を解いた。三人の掏摸は、相変わらず五間ほどをへだててついてきている。

暮色はさらに濃くなってきた。それでもまだ人の顔が見わけがたいほどではない。日が暮れきるまであと四半刻はあるだろう。

掏摸の一人が走って丈右衛門を追い越していった。前からすれちがいざまにやろう、ということのようだ。

路地に入っていった男がなにげない顔で路地を出てきた。

丈右衛門はくすっと笑ってしまった。あまり腕のいい掏摸ではないようだ。

ここで三人をとらえるのは造作もないが、掏摸が町人につかまったという噂が流れるのも得策ではなかろう。丈右衛門は、逃げることにした。

前から近づいてきた男が、丈右衛門とすれちがう寸前、石につまずいたかのようにふらりとよろけた。目にもとまらぬはやさで腕がのびてきた。

鬢《びん》の毛をさわるふりをして、丈右衛門は体を横にした。掏摸の腕は空を切った。

掏摸が驚いているのが気配で伝わる。笑いかけたい気持ちに駆られたが、そこは我慢して丈右衛門は歩き続けた。

さすがに二度もしくじってはやる気が失せたようだ。三人の気配は消えた。

ただし、ただ者ではない、という感を今の三人に与えたとは思えない。あの掏摸から子供たちの掏摸に丈右衛門のことが伝わるとは思えなかった。

丈右衛門が本所や深川をぶらつきはじめて三日後の七つ近くのことだ。

「おじさま」

横の路地からきれいな娘があらわれたと思ったら、お春だった。

「あれ、お春。なんだ、こんなところで」

「お花の帰りです。これからお屋敷にうかがうつもりですけど……」

お春は目をみはっている。

「どうしてそんな格好を。それに髷もいつもとちがいますね」

しまったな、と丈右衛門は思った。藤蔵にはなにが目的か話したが、お春はなにも知らない。

だが、そこはお春の賢さで、なにか裏があるのをすぐにさとった。ふっと小さく笑みを浮かべた。

その笑顔はとてもかわいく見えた。こりゃ文之介でなくてもしびれるな。

「お忙しそうなので、おじさま、これで失礼いたします」

「ああ、お春。すぐに帰るから飯の支度でもしておいてくれ」

そのときになにをしているか話す、という意味を言外にこめた。

お春が足早に去ってゆくのを丈右衛門は見送った。ゆっくりと歩きだす。

疲れを覚えて、茶店に寄った。

縁台に腰をおろし、渋い顔で首を振った。やはり老いたな。

茶と団子をもらう。団子は醤油だれに秘訣《ひけつ》でもあるらしく、甘さのなかに濃い旨みが感じられた。団子自体も焼き方がいいのか、外は香ばしく、なかはふんわりとしている。

はじめて入った茶店だったが、まだまだこういう店があるのだな、と丈右衛門は感じ入った。疲れたなどといってはおられんな。これからも歩きに歩いてこういう店を捜し続けなければ。

茶店をあとにして、再び道に出る。

しばらく歩いたとき、丈右衛門はなんとなく気配を感じた。

おや、と思った。この前の三人組か。

わからない。気配を探っているような目は、一人ではない。何人かいるようだ。

視野を男の子らしい者がかすめた。ついに来たか、と丈右衛門はさとり、胸が高ぶるのを覚えた。

だが、その思いを外にだすことは決してない。そんなことをしたら、誘っているのに向こうは気づくだろう。

さて、どういうふうに来るのかな。

丈右衛門はお手並み拝見、という気分になっている。

今いるのは本所菊川町二丁目だ。東側を大横川が流れている。

道を南にたどっている丈右衛門は、じき菊川町三丁目に入ろうとしていた。北に南辻橋《みなみつじばし》、行く手に菊川橋。どちらに行くにも、ちょうど同じくらいの距離になっている。

やがて兄弟と思える男の子が三人、声をあげてじゃれ合うように近づいてきた。そのなかの十二、三歳くらいと思える男の子が、丈右衛門とすれちがうや、すっと腕を動かしたのだ。

ただそれだけだった。丈右衛門の目をもってしても、懐の財布をすり取られた瞬間は見えなかった。

懐から重みが消えているのに気づいたのは、すられて三間ほど進んだときだった。

その手練ぶりに丈右衛門は内心、舌を巻いた。

振り向くことなく丈右衛門は歩き続けた。三人の子供が鉄砲から逃れようとする鹿のように走りだしているのは、足音や気配でわかった。

それでも尾行するのはむずかしくなさそうだったが、丈右衛門にははなからその気はなかった。

今は子供たちの居場所を知るのが目的ではないし、万が一つけているのがばれたら、取り返しのつかないことになるかもしれないのだから。

二

「だからあの年寄り、すり取られたのに騒がなかったのか。——くそっ、そういうことだったのか」

顔色を変えた貫太郎は、畳に拳を思いきりぶつけた。大事な右手ではなく、左手だ。母親がそばで寝ているのに気づき、体から力を抜く。

「どうしたんだい、兄ちゃん」

掏摸の手伝いをしたすぐ下の弟の次助がささやき声できく。その下の直助も心配そうな顔だ。

貫太郎は文を弟たちに見せた。

二人の弟は先を争うようにして読みはじめた。

最後におえんが読んだ。

今日、商家の隠居と思える年寄りからすり取った財布から文が出てきたのだ。その文には次のようなことが記されていた。

『それがしは御牧文之介と申す。南町奉行所で定町廻りの同心を拝命している。おぬしたちの身を心より案じている。このまま掏摸を続けたところで、先はない。番所は本気になりつつある。もしかすると、三年前と同じことが起きぬとも限らぬ。それがしとしては、おぬしたちをなんとか掏摸から足を洗わせたいと思っている。この文を渡すために、財布はわざとすり取ってもらった。隠居の役をしたのはそれがしの父である。一度話がしたい。どうか、つなぎをくれるよう伏してお願いする』

こんな一文だった。

「この御牧っていうのは、役人なんでしょ。信じられないよ」

「そうだ。罠に決まっているよ」

次助と直助が口々にいった。

「ねえ、兄ちゃんはどう思うの」

次助がたずねる。

「今のところ、わからねえ」

貫太郎は腕組みをした。

「でもこのまま掏摸を続けていくの」

おえんがやや厳しい声でいう。

「兄ちゃんも、三十まで生きられないよ」

掏摸の寿命は長くても三十まで、といわれている。掏摸は金額の多寡《たか》にかかわらず、四度目につかまると、死罪になる。長生きできる者がほとんどいないのだ。

「この文をよこしたお役人、私、知っているわ」

「俺だって知ってる。こそこそ嗅《か》ぎまわっているやつだ」

「私も最初は嗅ぎまわっているんだと思ってた。でも、この文に書かれていることが本当なら、私たちを救うためにいろいろ調べていたということでしょ」

「だから、それは俺たちをつかまえるための罠だよ」

おえんをにらみつけて次助がいう。直助が続けた。

「俺もそう思う。役人なんて、自分の手柄のためにはなんだってありだ」

「罠じゃないわよ」

おえんが静かに首を振る。

「だって、兄ちゃんが財布をすったときにつかまえることもできたはずよ。あの人はちがうと私は思うの」

「どうしてそう思う」

貫太郎は穏やかにたずねた。

「いろいろ調べているから気になって、私、あとをつけてみたことがあるの。そしたら、私、ある町の男の子たちに絡まれちゃったの。見かけない顔だな、どこから来たんだ。あの同心は私を救ってくれたわ。とてもやさしい眼差しをしていた」

やさしい眼差しか、と貫太郎は思った。その点については、自分も同じ気持ちだ。貫太郎もこの御牧という同心を何度か見たことがあるが、好奇の心に富んでいるらしく、いつも瞳をきらきらさせていて、どこか子供のような男だと感じたことがある。

「それにね」

おえんが言葉を続けた。

「私、この同心が子供たちと原っぱで遊んでいたところも見たわ。あの人、子供たちと本気で遊んでいたの。その気持ちが子供たちにしっかりと伝わっているから、子供たちも真剣に遊んでいるし、とてもなついてる」

おえんが貫太郎を見あげてきた。

「あの人なら、信用できると思うの」

「なんでそんなことしたのを、今まで黙っていたんだ」

貫太郎は筋ちがいと知りつつも責めた。

「だって話すようなことじゃなかったから」

「ということはだ、おえん、おまえはあの同心に顔を覚えられてしまったってことじゃねえか」

「そうね。ごめんなさい」

「おえん、いいか、二度と勝手なこと、するんじゃねえぞ」

そういってから貫太郎はもう一度文を手にした。

「ねえ、貫ちゃん」

母のおたきだ。

「どうした、母ちゃん。薬か」

「いえ、薬はまだいいわ」

おたきは起きあがろうとしている。

「母ちゃん、無理するなよ」

「いいの。手を貸して」

「でも」

「はやく」

貫太郎はおたきの背中にまわり、抱き起こした。

おたきは疲れたように一つ息をついた。

「大丈夫かい、母ちゃん」

次助が案じる。

「うん、大丈夫よ」

おたきが貫太郎に目を向ける。

「その文を見せて」

貫太郎は手渡し、行灯を母のそばに持っていった。

母が読みはじめる。何度も繰り返して読んでいるのが、その瞳の動きからわかった。

やがて吐息とともに顔をあげた。

「貫ちゃん、おっかさんは、この文は真情をつづっていると思うわ」

「どうしてそう思うの」

「文に書かれたこの名前、本名でしょ」

「そのはずだけど」

「もしこの文を、あなたたちの誰かが奉行所に知らん顔して届けてごらんなさい。この御牧という同心はどうなると思う」

貫太郎は考えた。この同心がもし本気なら、これまでの貫太郎たちの罪をなかったものにしようとしているにちがいない。

「もしかしたらつかまるかもしれないね」

「もしかしたらじゃないわ」

「じゃあ、本当にお縄になる」

「まちがいなくね」

おたきがうなずき、言葉をつなげる。

「この御牧という人は、それだけの覚悟を持ってこの文をあなたたちに届けたのよ」

三

「うまくいきますかねえ」

勇七が不安そうにいう。

文之介は顔を向けた。

「うまくいくさ」

勇七が顔をしかめる。

「旦那、酒くさいですよ。それに、その死んだ魚みたいな目、なんとかしてくださいよ。同心に見えないですよ。せっかく男前なのに、それじゃあ娘っ子も寄ってこないですよ」

「仕方ねえだろう。桑木さまと飲んじまったんだから」

勇七がじろりと見る。

「まさか話したんじゃあ」

「桑木さまならいいかとも思ったが、さすがにやめておいたよ」

昨日の仕事終わりに又兵衛が飲みに誘ってきたのは、文之介がなにかたくらんでいるのでは、という疑いめいたものを感じたからだろう、と文之介はさとっている。

「でも旦那、うまくいかなかったら、首になっちまうかもしれないんですよねえ」

「なったらなったで仕方ねえよ」

「ずいぶん気楽にいいますね」

「もう文を渡しちまったんだ。今さらじたばたしてもはじまらねえよ」

「まあ、そうですね」

勇七が深く顎を引く。

「なんだ、勇七、その覚悟をつけたみてえな目は」

「もし旦那が首になったら、あっしも一緒にやめるつもりになっただけですよ」

「おめえがそこまですることはねえよ。父ちゃん、母ちゃんが悲しむだろうが」

「旦那がやめることになって、そのまま中間を続けていることのほうに悲しみますよ。あっしは旦那とずっと一緒に育ってきたんですから、これからもずっと一緒です」

文之介は胸が熱くなった。目頭も熱くなり、こみあげるものを抑えられなくなった。

文之介はそっぽを向き、うーん、とのびをした。

「さあ勇七、今日も仕事に励もうぜ」

「わかりました」

勇七が元気よく答える。

「今日はなにをするんです」

「町廻りだ」

文之介と勇七は本所、深川の各町をめぐり歩いた。子供たちからのつなぎを待ってはいたが、その気配も雰囲気もなかった。

子供たちによると思える掏摸の被害もなかった。それも当然だろう。町方役人から話がしたいとの文をもらって、仕事に精だせるわけがない。

いつしか日が大きく傾いていた。もう七つ近くになっている。

「今日はつなぎはねえか」

文之介はあきらめていった。

「かもしれませんねえ。向こうも迷っているでしょうからねえ」

「しかし、この刻限じゃあ番所に引きあげるのもはやすぎるな」

勇七が思いついた顔をする。というより、ずっと心に秘めていたのだろう。

「旦那、お克さんのところに寄っていきませんか」

目が真剣だ。文之介としては行きたくはない。だが断ったら、袋叩きにされかねないような怖さがある。

「いいよ、行こう」

お克は起きあがれるようになっていた。やせていて、やはりすごくきれいだ。

文之介は目を奪われる思いだ。お春とどっちがきれいだろうか。

お克のほうが背の高い分、お春のほうが女らしさは感じさせるが、それでもこの美しさはただごとではない。

ほっそりとしたお克は今、妖艶《ようえん》さすらたたえている。

変われば変わるものだな。文之介はさらに見とれた。顔を合わせたくない気分など、どこかへ飛んでいる。

「文之介さま、どうしてそんなにお見つめになるんです」

お克が恥ずかしそうにうつむく。そんな仕草にもどきりとするものがあった。

「いや、なんかさ……その……」

文之介は目をそらすしかなかった。

横で勇七がもじもじしている。さすがにこの美しさに目を奪われているようだ。

思いきったように勇七が顔をあげた。

「お克さん」

「なんです、勇七さん」

お克がほほえみかける。

「前のお克さんのほうがよかったです。以前のお克さんに戻ってください」

なにっ、と文之介は腰が浮くくらい驚いた。この馬鹿、いったいなにいってんだ。

お克がじっと勇七を見ている。勇七は顔を赤くしたが、目をはずそうとはしない。

「ありがとう、勇七さん」

あれ、いい雰囲気じゃねえか、と文之介は思った。もしかしたら、これがきっかけで
二人はうまくいくかもしれねえ。

外に出た文之介と勇七を、お克が見送りに出てきた。

「いいよ。まだ具合が悪いんだろ」

文之介は案じていったが、いいんです、とお克はしばらくついてきた。

お克は文之介を見ずに、勇七ばかりに目を向けている。笑いかけたりもする。

こんなことはこれまでに一度もなかった。以前のお克なら文之介はなんとも思わなかったが、今のお克なら話は別だった。ちらりと妬心《としん》が動くのを感じた。

いや、二人がうまくいけばそれでいいじゃねえか。

文之介は自《みずか》らにいいきかせた。俺にはなんといってもお春がいるんだから。

勇七は笑いかけられてうれしそうだが、どこか戸惑いめいたものが感じられる。

まったくむずかしい野郎だぜ。文之介はあきれた。すれちがう町人たちが、老若を問わずまじまじとお克の顔を見てゆくくらいきれいだというのに。そのうちの何人かは振り返っていつまでも見ているほどだというのに。

「お克さん、はやく以前のお克さんに戻ってくださいね」

勇七がまたいった。

「どうしようかしら」

お克が首をかしげる。

「でも勇七さんがそういうんなら、そうしようかな」

馬鹿な真似はよせ。文之介はいいたかった。だが、もとのお克に戻ることで二人がうまくいくのなら、そのほうがいいような気もする。

「――勇七さん」

不意にうしろから勇七を呼ぶ声がした。文之介が振り返ると、若い女が駆け寄ってくるところだった。

勇七が、あっ、という顔になった。女が勇七の腕に絡みつく。お克が、えっ、と声を漏らす。

「弥生さん……」

勇七が呆然という。

「勇七さん、こんなところで会えるなんて、とてもうれしいわ」

「いや、あの、弥生さん、ちょっと手を放してもらえませんか。男と女がこんなことしちゃあ、まずいでしょ」

「いいじゃないですか、このくらい。照れる勇七さんもかっこいいわ」

「いや、あっしがかっこいいなんてこと、ありませんよ」

「ねえ勇七さん、今度はいつ食事に行きましょうか」

「いや、あの、その……」

勇七はなんとか引きはがそうとするが、弥生はしっかりとしがみついている。

文之介はお克に目をやった。

お克はしらけたような顔をしている。

「では、文之介さま、私はこれで失礼いたします」

「――そうか。またな」

勇七にも一礼してお克は離れていった。

ああ。勇七は、男前らしくない嘆声を放った。

「誰です、今の人」

弥生が勇七にきく。

「きれいな人……」

「いや、あの……」

「呉服屋の青山の一人娘だよ」

勇七に代わって文之介は教えた。

「ああ、あの大店の」

弥生が勇七に目を戻す。

「どんな知り合いなんです」

またも勇七はなにもいわない。

文之介はお克と知り合ったいきさつを語った。それが文之介と知り合うためのお克の狂言だったことまでは話さなかった。

「じゃあ、仕事の上で知り合っただけなんですね」

弥生が安心したようにいう。

「仕事といえば、弥生さん」

勇七がようやく口をひらいた。

「今も仕事中なんですよ。手を放してもらえませんか」

弥生はにっこりと笑って腕を解《ほど》いた。

「それで勇七さん、今度はいつ食事に行きましょうか」

「あの、それはまたあっしのほうからいいますよ。今はほんと、仕事中なんで」

「そう。じゃ、お誘いを待ってますから」

ぺこりと文之介にも辞儀をして、弥生はこの町に来た目的らしいすぐ先にある小間物屋に入っていった。

「勇七、さあ、番所に戻ろう」

勇七は答えない。殺気めいたものを全身から放っている。

なんだ、こいつ。なにを怒ってるんだ。

勇七が顔をあげ、文之介を見た。いや、にらみつけている。

文之介はぎくりとした。こいつ、俺に怒ってるのか。

「なんだ、なんでそんな顔をしてやがる」

「てめえ、ちょっとこっちに来い」

勇七がいきなり襟首をつかんだ。文之介はすごい力で路地に引きずりこまれた。

ついこのあいだ同じことがあったばかりだ。

「なにしやがる」

「おめえが悪いんだぞ」

勇七は、文之介をどんと商家の塀に押しつけた。

「なんのことだ」

「おめえがおもしろ半分で、弥生さんを食事に誘えだなんていうから、こうなっちまったんだろうが」

「なんだと」

これには文之介も頭にきた。

「確かにいったが、俺はどっちでもいい、ともいったぜ。弥生ちゃんと食事に行ったのはおめえの勝手だろうが」

「おめえが悪いんだ」

「この馬鹿、勝手なこといいやがって」

この前とはちがい、今度は文之介のほうが先に手をだした。

拳が頬をとらえる。がしん、という手応え。勇七がよろめいたが、すぐに反撃に出てきた。

腹に痛み。見ると、勇七の拳が腹にめりこんでいた。文之介は息がつまり、前のめりになりかけた。我慢して拳を突きあげる。

これは勇七の顎をとらえた。勇七はぐらりと地面に膝をつきそうになったが、はねるようにして拳を見舞ってきた。

それが文之介のこめかみにあたった。頭を木の棒で殴られたような衝撃が走る。

倒れそうになったが、文之介はこらえ、勇七にむしゃぶりついていった。勇七ががっちりと受けとめ、二人は四つに組んだ。

それからは相撲みたいになった。

文之介は何度も投げを打ち、勇七を地面に転がそうとした。勇七もさすがに強く、逆に文之介を押し倒そうとする。

結局、勝負はつかないまま二人は疲れきって地面にへたりこんだ。

はあはあと荒い息を吐きつつ、二人とも塀に背中を預けている。

「おい、勇七」

文之介は呼びかけた。

「なんです」

「久しぶりの相撲だったな」

「そうですね。最後に取ったのはいつでしたかね」

「七年前だな。あのときは俺が勝ったんだったな」

「冗談じゃありませんよ。あっしが勝ったんですよ」

「俺だよ」

「あっしですよ」

文之介は、ふふ、と笑った。

「まあ、どっちでもいいよ」

勇七も笑みを見せた。

「そうですね」

「子供の頃はおめえのほうが強かったな。それは認めるよ」

「旦那も強かったですよ」

「勇七、俺が気づいてなかったとでも思っているのか」

「は。なんのことです」

「おめえ、子供の頃、仲間に転がされてばかりいた俺に自信つけさせるためにわざと負けてたんだよな」

「そんなことありませんよ」

「しらばっくれるのか」

「あっしがわざと負けていたなんてこと、ありませんよ」

「あくまでもしらばっくれるつもりのようだな。まあ、いいや」

文之介は立ちあがった。勇七は座りこんだままだ。

「勇七、まだ怒っているのか」

「いえ、もう」

文之介は手をのばした。勇七ががっちりと握る。文之介は引っぱり起こした。

「旦那、すみませんでした」

「いいよ、謝らなくても」

「だって旦那のいう通りですから。あっしが弥生さんを誘わなければこんなことにならなかったんです」

「俺も、おめえにあんなこといわなきゃよかった、と反省してるところだ」

「しかしあっしも運がないですねえ」

勇七がうなだれる。

「あんなところで弥生さんに会ってしまうなんて」

「仕方がねえよ、勇七。すぎたことはあきらめろ」

「旦那、他人事《ひとごと》だと思って」

勇七がむくれる。

「そんなこといってると、あっしと同じ目に遭いますよ」

文之介は鼻で笑った。

「俺がそんなへま、やらかすわけがねえだろうが」

四

又兵衛が喉を鳴らして酒を飲む。ぷはあ、と息を吐いて杯を突きだしてきた。

「注いでくれ」

「相変わらずただ酒だと、遠慮がないな」

丈右衛門は徳利を持ちあげた。

「当たり前よ。ただ酒ほど、気兼ねなく飲める酒はない」

二人がいるのは、奉行所近くの山城町《やましろちょう》にある煮売り酒屋だ。魚六《うおろく》といって、魚がうまいことで知られている。

丈右衛門も杯を傾けた。

「ふつうは、逆なんだけどな。俺は、おごられるとどうも遠慮が出てしまう。だから、自分の金で飲んだほうが気楽でいい」

「知ってるよ」

又兵衛がうなずく。

「それゆえ、わしはおぬしにおごったことがないんだ」

そういって、空にした杯をまた前にだしてきた。

「手酌でやってくれ」

丈右衛門は徳利を渡した。

「なんだよ、これが話があるって呼びだした者への扱いか」

「勝手に飲んだほうが気兼ねがないだろう」

「そりゃそうだ」

又兵衛が杯を満たし、くいっと飲んだ。とんと杯を膳の上に置く。

「酔っ払っちまう前にきいとこう。なんだ、話って」

又兵衛は表情を引き締めている。

「もしかしたら文之介のことか」

丈右衛門は杯を持つ手をとめた。

「そんなに驚くことはあるまい。わしはやつの上役だ」

「いや、さすがだな。勘の鋭さは衰えていない」

「そうほめるな」

又兵衛が顎を一つなでた。

「それで、やつはなにを企んでいるんだ」

丈右衛門は小さく笑った。

「企みか。確かにそうかもしれん」

丈右衛門は、文之介と自分がどういうことをしようとしているのか、又兵衛に伝えた。

「――そんなことを企んでいたのか」

あきれたように笑い、丈右衛門を見る。

「わしに片棒を担がせる気か」

「頼む。あんたが知っておらんと文之介としてもつらかろう」

「どうだかな」

又兵衛が軽く首をひねる。

「なにか様子が変なんで昨日、やつを誘って飲んだんだ。だが、なにもしゃべらなかった。まだわしのことを信用しとらんのだな」

「そうではないさ」

丈右衛門は否定した。

「あんたに迷惑をかけたくない、そう思っているだけだ」

「わかっているさ。だが、わしが知っていようと知らなかろうと、ことが露見すればわしに迷惑がかかるんだよ」

丈右衛門はくすりと笑みをこぼした。

「うれしそうだな」

「当たり前だ」

又兵衛がいいきる。

「奉行所内ではやつはせがれも同然と、この前いっただろうが。せがれの尻ぬぐいも、ときには楽しいものさ。それに、こういうことはわしだってはじめてではない」

丈右衛門は又兵衛を見つめた。

「ということは、おまえさんももみ消したことがあったのか」

「そんなでかい声をだすな」

又兵衛があわてて制する。

「わしはまだ現役だ。そんなことをしたのがばれたら、本当に首が飛びかねん」

丈右衛門はあらためてどういうことか、たずねた。

「文之介と同じさ。掏摸だったんだ」

「ほう」

その掏摸がつかまったのは四度目だった。だから当然、死罪となる。そこを又兵衛が救った。

「なにしろ下手な掏摸でな、どじを踏んだ仕事より、うまくいった仕事を数えたほうがはやいくらいだった。もっともほかに本職があったんだが」

「本職というと」

「根付の職人だ。若いのにすごい技を持っていた」

又兵衛が財布を取りだし、根付を見せた。

「これもそうだ」

「見せてくれ」

うしろ足で立った蛙《かえる》が玉を押している、という意匠だ。

「これは水玉ということか」

「そうだ。なかなかおもしろいだろ」

丈右衛門は財布を返した。

「その男、どうも手癖が悪いせいで、なにも考えずに掏摸をやってしまうらしかったんだ。どきどきする感じがたまらない、といっていたな」

又兵衛は根付職人としての技を惜しんだ。すり取った金は全部合わせても三両ほどにしかならない。

以前とはちがい、なにがなんでも法に照らし合わせて死罪にする、という風潮も薄れてきていた。

十両以上盗んだのに、九両三分二朱として死罪をまぬがれさせることも多くなっている。

「この前も同じような裁きがあった。知っているか」

「いや」

病に臥せっている親の薬代がほしい一心で、十二両を盗みだした男がいた。それが九両三分二朱を盗んだことになり、死罪はまぬがれた。

となると重敲《じゅうたた》きですんだことになるのか、と丈右衛門は思った。

「おい、丈右衛門。この九両三分二朱をはじめた人が誰か、知っているか」

「馬鹿にするな。隠居したとはいえ、今だって八丁堀に住んでいるんだぞ」

「そうか、そうだよな。まあ、そんなにいきり立つな」

これは大岡越前がはじめたとされている。

又兵衛が酒を飲み、鯖の味噌煮に箸をのばした。ていねいに咀嚼してからいう。

「さすがに名奉行の誉れ高いお方だよな。今の奉行所の礎をこしらえた人と申しても過言ではない」

「わしもそう思う」

丈右衛門は烏賊《いか》刺しを箸でつまみ、生姜《しょうが》醤油にひたした。

「その男、今どうしている」

「うむ、根付の職人としていい品を世にたくさんだしたが、五年ほど前に病で……」

「そうか。だが、どうやって手癖の悪いのを直したんだ」

「わしと懇意にしている大名家があってな、そこの下屋敷に座敷牢があるのよ」

「閉じこめたのか」

「そうだ、およそ半年間にわたってな。閉じこめただけではないぞ。職人として大成させるために、ひたすら仕事に励ませた。できあがった根付は相当の数にのぼった。いずれも出来のいい物ばかりでな、さっき見せたのもそのときの物だ。残りはその大名家に礼としてもらってもらったが、家臣たちはこぞってほしがったな。そのとき、やつの根付職人としての成功が見えたよ」

又兵衛が杯を干した。

「出てきたとき手癖は直っていたのか」

「うむ。顔つきも変わっていたな。いかにも仕事に燃える職人の面《つら》になっていた。下手したら死んでいたんだ。まさに生まれ変わった、という感じだった」

「なるほど」

「文之介の娘の尻をさわる癖、おぬしを真似ているんだろうが、あれを直すのに座敷牢に入れるのも手かもしれんぞ」

「そうだな。ところでもう一つききたいことがある。おぬしの夢のことだ」

「待て。それはいえん」

「どうしてだ。恥ずべきことなのか」

「馬鹿を申すな。ただ、人に話すとうつつにならん気がしてな」

「そうか、それならきかんでおこう」

「すまんな」

丈右衛門はにやりと笑った。

「だが、妾はいるんだろ」

又兵衛が杯の酒を噴きだしかける。

「馬鹿を申すな」

口をぬぐって又兵衛がじっと見てきた。

「しかし丈右衛門。さっきの根付職人の話、本当に知らなかったのか」

「どうだかな」

丈右衛門は静かに笑っただけだ。

五

結局、子供の掏摸からなんのつなぎもないままに日がたち、文之介にはまたも非番がめぐってきた。

稽古《けいこ》着と面、胴、竹刀《しない》を担いで、屋敷を出る。今日は朝から道場に行くことに前から決めていた。

そのことは仙太たちにこの前、伝えてある。たまには竹刀を振らないと、確実に腕が落ちる。それだけはなんとしても避けたい。

着いたのは、子供の時分から通っている坂崎《さかざき》道場だ。

威勢のいいかけ声と竹刀が打ち合う音がきこえてきた。文之介は胸躍《おど》るものを覚えた。

勇んでなかに入る。

「おう、文之介、よく来たな」

声をかけてきたのは師範代の高田熊之丞《たかだくまのじよう》だ。

「やるか、俺と」

「是非お願いします」

「自信満々だな、文之介。この前は痛い目に遭わせてくれたが、今日はそうはいかんぞ」

納戸《なんど》で稽古着に着替え、文之介は竹刀を手にして道場に出た。

師範代と現役の町方同心という組み合わせに、他の門弟たちが稽古の手をとめて見入っている。

文之介は熊之丞と向き合い、一礼してから竹刀を正眼《せいがん》に構えた。

さすがに師範代だけのことはあり、さらに体の大きさもあって熊之丞の竹刀ははやくて重かった。

文之介は上から横から飛んでくる鋭い打ちこみに、一時は防ぐのに精一杯になった。

げっ、なまりきってやがる。

文之介は焦った。道場にやってきたのは一月ぶりくらいだ。やはり間があきすぎていた。

それでも防ぎに防いでいるうち、熊之丞のはやさに慣れてきた。

文之介は面を狙ってきた打ちこみをびしりと弾き返し、その竹刀の強さにやや面食らった様子の熊之丞の隙につけ入り、一気に攻勢に出た。

面、面、胴、逆胴、面、小手、と流れるように竹刀を操り、熊之丞を防戦一方に追いこんだ。

しかしそこは師範代だけのことはあり、熊之丞の防御もすばらしいものだった。文之介は有効な手立てを見いだせず、攻め手を失った。ふらりと突きを繰りだした。

あっさりと熊之丞がよける。文之介のがら空きの胴を打ち貫こうとした。

だがそのときには文之介は立ちどまって、右手から熊之丞を見おろしていた。

あっ。熊之丞が面のなかで口をあけたのが見えた。その面めがけて竹刀を打ち落とした。

びしりという手応え。快感だった。まわりの門弟たちからため息が漏れる。

「くそっ、やられた」

熊之丞が面を取る。

「攻め手がないように見せたのも、文之介らしくない変な突きも、誘いだったのか」

「気づかれたらどうしようと思っていましたよ」

「けっこうな役者だな」

熊之丞とはそれからも稽古を行った。激しい稽古で、文之介は存分に汗を流すことができた。

「道場主はどうされたんです」

稽古を終えた文之介は熊之丞にきいた。坂崎岩右衛門《いわえもん》の姿が見えない。

「今日はちょっとお出かけになっている。なんでも昔の友人が見えたそうでな」

「昔の友人」

「昔の道場仲間らしい」

「どこからいらしたんです」

「それが、なにもおっしゃらんのだ。どこかご様子が変だったし」

「心配ですね」

「ああ、実際ついていきたいくらいだった」

道場主のことは気にかかったが、文之介は道場を出た。

屋敷に戻る途中、昼になった。近くの蕎麦屋から醤油とだしのいい香りが流れてきた。入ろうかと思ったが、いや、と考え直した。竹刀で串刺しにした稽古着や面、胴を背負い直す。

文之介は目を感じている。来たのか。ゆっくりと歩いて屋敷に戻った。

「文之介の兄ちゃん」

屋敷に入ろうとしたところで、横から声がかかった。仙太たちだった。

「稽古は終わったんでしょ」

「ああ、遊びに行くか」

文之介の脳裏には一つの案が浮かんでいる。

今、目は消えているが、それは眼差しの主が八丁堀の組屋敷にまで入ってきたくないからだろう。

子供たちと連れ立って原っぱへ行く途中、案の定、目が戻ってきた。

誰のものか、もはや考えるまでもなかった。やっと来たか。文之介には、安堵の気持ちのほうが強い。

「よーし、なにをして遊ぶ」

原っぱに着くやいなや文之介はいった。

「剣術ごっこ」

次郎造が叫ぶ。

「俺は稽古してきたばかりだからな、体は最高に切れてるぞ」

「文之介の兄ちゃん、助っ人はいるの」

仙太が問う。

「一人はほしいな」

「いいよ。一人なら」

誰が行くか、子供たちは相談をはじめた。仙太が文之介の助太刀につくことになった。

「よし、仙太。いいか、俺の背中から離れんでくれよ」

「まかせといてよ」

仙太が明るく請け合い、ほかの子供たちを見渡す。

「よーし、覚悟しやがれ。叩きのめしてやるからな」

「いいぞ、仙太。その意気だ」

子供たちが文之介と仙太をぐるりと取り囲んだ。

子供たちはいっせいに棒を振りまわしてきた。背中を気にせずにすむ文之介は軽々と子供たちの棒きれを叩き落とし続けた。

うしろでは仙太も奮戦している。貼りつくようにして文之介の背後を守っていた。

攻めている子供たちに疲れが見えはじめた。

そろそろ攻めに転ずるか。文之介が考えたとき、びしりと尻を打たれた。

痛えっ。どうしてだ。文之介は振り返った。

棒きれを手にした仙太がにやにや笑って、文之介を見ていた。

「おめえ、仲間だろうが。なにしやがる」

「裏切りは世の常でござろう」

仙太が気取った言葉づかいでいう。

「なんだと」

文之介は、てめえ、と棒きれを振りあげた。その瞬間、しくじりをさとった。

大きくあいた脇腹を、激痛が走る。痛えっ。叫んで子供たちとの距離を取ろうとした。

しかし子供たちは許さない。文之介を取り囲み、棒きれの雨を浴びせてくる。

文之介はたまらず棒を投げ捨てた。まいった。やめろ、やめてくれ、お願い。

ようやく棒きれの雨はやんだ。

「おい、仙太、今のはあまりに汚えぞ」

「大人に勝つのには、ここをつかわないとね、ここを」

仙太が頭を指先で叩いた。

「だいたいおいらが仲間を殴れるわけ、ないじゃない」

「わかったよ。次からは俺も頭を働かせるようにするから、覚悟しておけよ」

「もう剣術ごっこはおしまいなの」

保太郎がたずねる。

「そうだな。かくれんぼはどうだ」

「いいね、やろう」

子供たちはすぐにその気になった。

「よし、まずは俺が鬼になろう」

文之介は子供たちに告げた。

「好きなところに隠れろ。すぐに見つけだしてやるから」

鬼になった文之介は、原っぱの脇に立つ一本の木に向き直り、目を閉じた。

「もうーいいーかい」

それを何度も繰り返す。子供たちは原っぱに積んである古びた木材の陰や、原っぱの至るところにある浅い穴、草が伸びて藪のようになっているところ、原っぱのなかに三本だけかたまって生えている木にのぼったりして身を隠したはずだ。

「もうーいいよー」

その声がきこえ、文之介は子供たちを捜しはじめた。

最初に、木の上にのぼっていた仙太を見つけ、さらに次々に子供たちの隠れ場所を暴いてゆく。

五人を見つけたところで、文之介はそっと体をかがめて原っぱの端にまわりこんだ。

そこには欅《けやき》の大木が立っている。その木陰《こかげ》に一人の男の子がいた。

「よお」

文之介は声をかけた。

男の子がびくりとする。あっという表情で文之介を見、次に駆けだそうとした。

「待った、待った。せっかく来たんだ、一緒に遊んでいかんか」

文之介は威圧する感じを与えないよう気を配って、男の子を押しとどめた。

「まあ、待てよ」

文之介は男の子の両肩をつかみ、同じ目の高さになった。

「ふむ、あいつらと遊ぶ歳でもねえか。おめえのがだいぶお兄さんだな」

男の子は隙あらば逃げだそうとする姿勢を崩していない。

「おーい、仙太」

文之介は呼んだ。なに、と仙太が寄ってきた。どうしたの。

ほかの子供たちもぞろぞろやってきた。

「うん、ちょっと用事ができた。すまねえな、遊んでいられなくなった」

「えー」

仙太たちがいっせいに抗議の声をあげ、男の子にいぶかしげな眼差しを送った。

「ちょっとした知り合いだ」

文之介は子供たちに説明した。

「今度、埋め合わせするからな」

文之介は男の子を連れて、原っぱをあとにした。

六

「番所に連れてく気か」

歩きながら男の子がすごむ。肩に置かれた手を振りほどこうとするが、文之介の力のほうがはるかに上だ。

文之介は首を振り、笑った。

「そんな気はないよ。昼は食ったか」

男の子は黙っている。

「だったらつき合ってくれ。俺はまだ食ってないんだ」

着いたのは、なにも染め抜かれていない暖簾が下がっている店だ。

「いいにおいがするだろ」

男の子が鼻をひくつかせる。

「うどんだよ」

文之介は戸をあけ、男の子を店内に押しこんだ。

「いらっしゃい」

威勢のいい声が飛んできた。

「これは旦那、いらっしゃい。そちらは」

「知り合いだよ。冷たいうどんを二つ頼む。いや、三つにしてくれ」

「毎度ありがとうございます」

その声を背中できいて、文之介は男の子を座敷に座らせた。昼の最も忙しいときがすぎ、客は一人もいなかった。

「うどんは好きか」

男の子は答えない。相変わらず厳しい顔で文之介をにらんでいる。

「そんな怖い顔、しなさんな。おまえさんは笑っているほうがいいぞ。やさしさが顔に出ている」

文之介は目の前の男の子をまじまじと見た。

眉がとにかく細い。切れ長の目はくっきりと澄んでいる。体はかなりやせており、肩の骨も細かった。これなら女に化けても、なんら不思議はなかった。

「お待ちどおさま」

親父が、茶の入った湯飲みとうどんを三つ持ってきた。さあ、どうぞ、と置いてゆく。

文之介は箸を手にした。

「遠慮はいらんぞ。さあ、食べよう」

文之介はだしをぶっかけ、うどんをずるずると食べてみせた。

「こいつはうまいな」

さらに食べ続けた。

ぐう、と男の子の腹の虫が鳴る。文之介はにやっと笑った。

「強情張ってないで、食べな」

無理に箸を持たせた。文之介は大きな音を立ててうどんをすすり続けた。

「こうして派手に音をさせて食べると、ほんと、うどんってうまいよな」

くそっ、とつぶやいて男の子が覚悟を決めた顔になった。箸を動かし、食べはじめる。

その手の美しさに文之介は驚いた。このまま長じたら、末恐ろしい掏摸になるのではないか。

うどんをすする男の子の目の色が変わった。びっくりして文之介を見る。

「どうだ、うまいだろう」

「うん」

素直にうなずき、瞬く間にたいらげた。

「こいつも食べるか」

もう一つのうどんを男の子の前に滑らせた。

男の子はうなずきかけたが、すぐに首を横に振った。

「どうした」

男の子は悲しげに目を落とした。

「弟たちにも食べさせたい」

「今からか。それもいいが、それまで待っていたら、のびちまうな。せっかく親父が心をこめて打ったうどんだ。食べろ」

男の子が、うん、といって再び箸をつかいだした。

これもぺろりとたいらげた。

「こりゃまたすばらしい食いっぷりだねえ」

厨房から顔をだして親父が笑う。

文之介は立ちあがった。

「親父、打たせてくれるか」

「いいですよ。その子にも見せてやったらいかがです」

文之介はうどんを打ちはじめた。男の子が厨房にやってきて、興味深げに見はじめる。

文之介は、この前教わった通りにこね鉢でうどん粉の団子をまずつくった。その後、大きなかたまりを練りあげ、それを親父がふきんで包んだ。

「ねえ、おいらにも打てる」

きらきらした目で男の子が親父にきく。

「もちろんだ。やってみるかい」

男の子が親父の教えを受けて打ちはじめる。

「ほう、筋がいいな」

親父が顔をほころばせる。

「こりゃ、御牧の旦那よりよほどいい」

「馬鹿をいうな。俺のがうまいだろうが」

「とんでもない。この子は素質がありますよ。うまいうどんをすぐに打てるようになります。旦那には残念ながら、ここまでの素質はありませんねえ」

「本当に素質あるの」

「ああ、あるよ。おじさんが断言する」

男の子はうれしそうに口許をゆるめた。さっきまでの険しい表情は消え失せている。

「おいらもあんなにおいしいうどん、本当に打てるようになるの」

瞳がさらに光を帯びた。

「そりゃなるさ。わしでも打てるようになったんだから」

親父が男の子の顔をのぞきこむ。

「ふむ、いい顔しているな。面魂ってものが感じられる。——やる気があるなら、ここで働いてみるかい。おじさん、一人じゃちょっと忙しくてな」

親父がこれでいいですかい、というように文之介を見る。文之介がここに連れてきた理由をはなから察していた。

「本当。本当にいいの」

男の子はすがるような目だ。

「ああ。なんなら今日からでもいい。それに、兄弟がいるなら本当に今日連れてきてもいいぞ。こんなうどんでいいなら、腹一杯食べさせてやる。——どうする。働くか」

「うん、働きたい」

男の子ががばっと土下座する。

「お願いします。働かせてください」

「いや、そんな大袈裟《おおげさ》な真似、せんでもいいよ。働いてもらいたい、と頼んでいるのはこちらなんだから」

親父は男の子を立ちあがらせた。ぱんぱんと着物を払ってやる。

「ところで、おめえさん、名はなんていうんだ」

七

これまでにすり取った財布や巾着《きんちゃく》を、貫太郎たちはすべて取ってあった。証拠となる品だけに捨てたほうがよかったが、すり取った財布や巾着を常に目にすることで、やりすぎないように自らを戒めていたのだ。

財布や巾着は空き地に捨てられており、それを町人が見つけ届け出た、ということになった。

財布や巾着は、一人を除いてすべて持ち主のもとに返った。金が戻ることはなかった。

掏摸は今、探索中、ということで被害を受けた者たちに又兵衛が説明した。

貫太郎たちがつかった金は、ほとんどが母親の病に対してだった。

ただしかかっていたのが藪医者で、金を吸いあげられるだけで病はまったくよくならなかった。

文之介はこれについても、丈右衛門に相談した。

鹿戸吾市は財布を突きだすようにした。

「ありがとうございます」

番頭の都志之助が額を畳にこすりつけるようにした。

「中身はあらためなくてもいいのか」

吾市がいうと、都志之助ははっとした顔つきになった。

「そうでした」

心配げに財布をひらく。ほっと息をついた。

「ああ、ありました」

手のなかで小さくひらいて、まちがいないか確かめていた。破顔する。

「ありがとうございます。助かりました」

「その紙はなんだ」

吾市はただした。

「絵図みたいだが」

「いえ、あの、前に申しましたように、取引に関することです。他の人にわからないように、絵図にしてあるわけでして」

「そうかい。そこまでやらなきゃいけねえなんて、商人もたいへんだな」

「はあ、競りはそれは激しゅうございますから」

都志之助がまた頭を下げた。

「鹿戸さま、これを」

差しだしてきたのは、絹でつくられた小さめの風呂敷だ。

吾市は受け取った。見ると、なかには五両入っていた。

吾市は中間の砂吉、そして岡っ引の千助《せんすけ》、千助の手下たちとともに釜石屋と都志之助の長屋を張りはじめた。

番頭の都志之助は通いで、店がある深川元町の長屋に一人で住まっている。

翌日、都志之助は手代の斧二郎を連れて得意先まわりに出た。

「じゃあ旦那、行ってきます」

千助が頭を下げる。

「おう、頼むぜ」

千助が暖簾を払って外に出た。吾市たちが張りこみにつかっているのは、釜石屋の前にある一膳飯屋だ。

なにもしないで待っているのは退屈だが、そこは吾市も町方の一人で、ひたすら待つことには慣れている。

この日の昼はこの店の飯ですませた。

長い一日だったが、日がようやく暮れてきた。都志之助と手代はまだ帰ってこない。

「旦那」

暖簾があがり、千助の手下の一人が顔をのぞかせた。

「どうした」

「来ていただけますか」

うむ。吾市は立ちあがった。中間の砂吉も続く。

「どうした、なにがあった」

「野郎、妙なこと、はじめようとしているんです」

「妙なことだと。なんだ」

「ご覧になったほうがはやいです」

連れていかれたのは、釜石屋から一町ほど東へ離れた五間堀川の岸辺だった。

家の陰に隠れて千助もいた。

「あそこです」

小さく指をさす。

「ありゃ、なにをやってんだ」

積みあげられた石垣の前で、夕日を浴びて二つの影が動いている。足場にしているのは、釣り人が腰かけるのに具合がよさそうな石だ。そういうのが石垣の前にごろごろしている。

二人は都志之助と斧二郎だった。

斧二郎が紙を手にしている。二人は、必死に石垣の隙間を探っている。

ようやく目当てのものが見つかったようで、ありましたよ、と斧二郎が喜びの声をあげた。都志之助が斧二郎から受け取ったのは紙包みだった。どうやら油紙で厳重に包まれている。

うれしさを隠しきれない様子の都志之助と手代が上にあがってきた。

「おう、都志之助」

吾市は手をあげて、近づいた。

「鹿戸さま……」

「その油紙の包みはなんだ。一所懸命捜していたようだが」

「いえ、なんでもありません」

「なんでもないなら見てもかまわねえな」

「いえ、あの」

吾市は紙包みを奪い取るようにした。

「ああ、やめてください」

かなりの重みがあり、ずっしりとしていた。吾市はかまわず紐《ひも》を引きちぎり、油紙を破った。

出てきたのは小判だった。

「なんだい、こりゃ」

「いえ、あの、その……」

都志之助が言葉につまる。二人とも顔は蒼白《そうはく》だ。

「わけをきいてえな」

吾市は都志之助に向かって顔をぐいと突きだした。

「二人とも、そこの自身番まで来てもらおうか」

二人は、主家である釜石屋から金を横領していた。一ヶ所に隠しておくには、ただその金額はあまりに大きすぎた。七百両を超えるものだったのだ。

百両ずつ壺《つぼ》に入れて地面に埋めたり、長屋の畳の下にしまいこんだり、全部で七つの場所にわけて隠しておいた。

だが、隠し場所を記しておいた紙の入った財布を都志之助がすり取られて、金をどこに隠したのかわからなくなってしまった。

それでも五つまでは見つけだせた。

残りの二つは、二人が顔を寄せ合って考えたが、どうしても思いだせない。

それで、都志之助は吾市に財布を取り戻してくれるように依頼したのだ。都志之助が吾市をあまりに甘く見たことは否めなかった。

七百両もの金を横領した二人がいずれ死罪になるのはまちがいなかった。命と引きかえに金を持ったところでなんにもなりはしない、と文之介は思うが、欲に目がくらんでしまうのは、どうにも変えようのない人の性なのだろう。

八

「今日も一日が終わってゆきますねえ」

うしろから勇七がいう。

「なんだ、どうかしたのか、勇七。熱でもあるのか」

「旦那、あのお日さまを見てなんにも思わないんですかい」

家々の向こうに赤く染まった太陽が、今まさに沈もうとしている。路地の隅や商家の軒下、木々の背後などところどころに夜のはじまりというべき暗がりができており、そこから闇《やみ》の忍びやかな手がのびて、夜の領域をさらに広げようとしていた。

「ふむ、今日はいつもより赤いかな」

「それだけですかい」

勇七が不満げに鼻を鳴らす。

「それだけって、ほかになにがあるんだ」

「いや、あっしも別に歌心があるわけじゃないんでなにもないんですけど、どこかもの悲しい気分になりませんか」

「今日の俺にとってもの悲しいことは一つだったな」

「なんです」

「町廻りをしていて、あまりきれいなねえちゃんがいなかったことだ」

「……きくんじゃなかった」

文之介たちは奉行所まで戻ってきた。門をくぐろうとしたとき、うしろから呼びとめられた。

「御牧さまですね」

文之介が振り返ると、見知らぬ若い男が立っていた。勇七が一歩踏みだし、何者だい、とばかりににらみつける。

「そんな怖い顔しないでおくんなさい」

若い男が困ったように笑う。

「あっしはうどん屋の親父さんからの使いなんです」

「あの親父か。どうかしたのか」

「へい、それが」

ついさっきのこと、店に顎の割れている男がやってきた。

「顎の割れた男だと。糸井屋に二度も忍びこんだ盗賊か」

文之介は拳で手のひらを打った。

「算之介とかいうやつだな。さっきというと、いつのことだ。まだ店にいるのか」

「いえ、もう。――御牧さま、一緒に来ていただけますかい。親父さんが話をしたいってことなんで」

店の前まで来たところで若い男は、ではこれで、と離れていった。

文之介は暖簾を払った。

「使いはもらった。すまねえな」

「いえ、こちらこそご足労をおかけしちまって」

文之介は座敷の端に腰かけた。勇七は横に立っている。貫太郎たちの姿は見えない。まだ働きはじめてはいないようだ。

親父が厨房から出てきた。文之介は自分の横を指さし、座ってもらった。

「どういうことか、教えてくれるか」

「ええ、そのつもりでこうしてお運びいただいたんで」

顎の割れた男がやってきたのは、つい一刻ほど前とのことだ。

「なんでも昨日、とある煮売り酒屋でうちの常連客からうちのことをきき つけたようなんですよ。それで今日、ふらりと来たみたいなんですがね」

「なるほど。どんな男だ」

「歳の頃は二十三、四。いかにも遊び人ふうでしたが、ずいぶんと金まわりはよさそうでしたよ。堅気ではないのは確かでしょう。上方の言葉をつかってましたね。きいたら、最近上方から帰ってきたばかりといってましたね。江戸は十年ぶりとか」

「名乗ったか」

いいえ、と親父が首を振る。

「顎はどうだった」

「ええ、そりゃ見事なもので。くっきりと傷でもつけたようになってましたね」

親父が声をひそめ気味にする。

「あくまでもあっしの勘ですが、あれは裏でなにかやっていますよ。盗っ人というのは十分に考えられます。それもかなりの凄腕でしょう」

「どうしてそういえる」

「盗っ人というのは手の指がとてもきれいなんですよ。しかもあの男、足さばきが雲を踏んでいるようなしなやかさなんです。とにかくふつうじゃないですよ」

「どこに住んでいるかいっていたか」

「いいえ。あっしもききませんでした。あまり警戒させてはまずいと思いまして」

てもらう、とも」

「うむ、いい判断だ。うどんを気に入ったようか」

「江戸でこれだけのうどんを食えるとは思わなかった、といってましたし、また寄らせてもらう、とも」

「そうか。張る手もあるな」

「この店のなかでですかい」

「いや、路地の両側からはさみこめばいいだろう」

親父がややほっとした顔をする。

「お役に立てそうですかい」

「むろんだ。——親父、やはりただ者じゃねえな」

親父がにっこりと笑う。

「あっしはただのうどん屋ですよ」

うどん屋を出た文之介たちは、すっかり夜のとばりがおりてきたなか、算之介と思える男にうどん屋のことを教えた常連客と会った。

男は本所徳右衛門町《とくえもんちょう》一丁目の裏店に住んでいた。鋳物《いもの》職人とのことだ。

その上方の男とは高見《たかみ》という煮売り酒屋で知り合ったという。算之介と思える男の名はきいていない。むろん、住みかも知らない。

文之介と勇七は、高見という煮売り酒屋に行った。

鋳物職人の長屋からほんの半町ほど東へ行った竪川沿いに店はあった。店の提灯の明かりが竪川の流れにほんのりと映じている。

顎の割れているということで、店の者は男のことを覚えていたが、男がよく来るというわけではなかった。これまでに二度ばかり来たことがあるだけだ。最初に来たのは一月ばかり前、女と一緒だった。

女が誰か、店の者は知らない。

またその男が来たら、必ず番所まで知らせてくれ。

そういい置いて、文之介たちは高見をあとにした。


翌日から、文之介たちはききこみをはじめた。同時に、他の同心たちによって例のうどん屋の路地を両側からはさむ形で張りこみが開始された。

路地の北側にある小間物屋に石堂と中間が張りつき、南側の入口のほうは吾市と砂吉がそばの団子屋に入りこんで受け持った。

文之介は、煮売り酒屋の高見がある本所徳右衛門町を主にきいてまわった。

高見に来たということは、近くに住んでいるにちがいないからだ。

徳右衛門町だけでなく本所林町や本所菊川町、深川西町《にしまち》にも足をのばした。それだけでなく、竪川に架かる三ッ目之橋《みつめのはし》を渡り、本所花町《はなまち》や本所緑町《みどりちょう》にも行ってみた。

手応えがあったのは、大横川沿いの本所入江町《いりえちょう》の自身番に入ったときだ。

「ああ、そんな男、この町にいますよ」

町役人の一人が文之介の問いに答えていったのだ。

「まちがいないか」

「ええ、おもんさんのところにいる男がそうですよ。ここんところにくっきりと筋が通っているような感じですもの」

町役人が顎を示していう。

「おもんというのは」

「とある料理屋で働いている女です」

「男はいつからおもんのもとに」

「そうですねえ、もう一月《ひとつき》近くになるんじゃないですか」

「女房か」

「いや、ちがいますね。あれは、ただの情人《いろ》でしょう」

「二人は昔からのつき合いか」

「いえ。おもんさんの店というのは、その、色を売り物にしているんです。おそらくそこで知り合って、ということだと思いますよ。おもんさん、前にも同じようなことありましたから」

なるほど、と文之介は思った。

「今、男はおもんのところにいるのか」

「いるでしょう。今日は出てきていないようですから」

町役人は他の町役人に確かめた。誰も姿は見ていないとのことだ。

「旦那、どうします。とらえますか」

勇七がきく。

「とらえてもいいが、今のところ、なにも証拠がねえものな」

文之介は腕を組んだ。

「勇七、糸井屋の番頭、名はなんていったけな」

「石蔵さんですか」

「ああ、それだ。呼んできてくれ」

わかりました。勇七が自身番を飛びだしてゆく。

糸井屋のある南本所石原新町はそれほど遠くはない。すぐに石蔵を連れて、勇七が戻ってきた。

「おう、忙しいところすまねえな」

自身番で待っていた文之介は土間におり、石蔵を迎えた。

「いつか、顔を見てもらいてえ」

「あの、どのようなご用件でしょう」

石蔵の顔には、おびえたような色が見えている。

「算之介らしい男が見つかった。そいつが算之介かどうか、顔を見てもらいてえ」

「えっ、算之介が。本当に見つかったのですか」

「ああ、この町にいる」

「そうですか」

石蔵は妙に青い顔になった。

「大丈夫か。顔色が悪いが」

「は、はい。大丈夫です」

文之介はじっと見た。

「算之介が怖いのか」

「は、はい。正直申せば。とにかく乱暴者で、気が荒いものですから」

「大丈夫だ。向こうに気づかれないように見てもらう」

町役人の話から、算之介と思える男は夕方七つ頃に湯屋に行くのがわかっていた。じきその刻限だ。

湯屋の向かいにある米屋の暖簾のすぐ近くに、石蔵をひそませた。米屋のなかは暗く、石蔵がそこにいるのは外からではうかがえない。

やがて、手ぬぐいを振りまわして若い男がやってきた。鼻歌がきこえる。

「あれが、おもんさんのところにいる男ですよ」

一緒に米屋のなかにいる町役人が指をさして、ささやく。

文之介は首をのばして見た。勇七も興味深げな眼差しを送っている。

なるほど、きれいに顎が割れている。

「石蔵、どうだ」

石蔵は首をひねっている。

「わかりません。なにしろ十年ぶりなものですから」

「もっとよく見てくれ」

はあ。石蔵は、男の姿が湯屋に消えてゆくまで見ていたが、やはり力なく首を振るのみだった。

「申しわけございません。わかりません」

「やつは湯にどのくらい浸かっている」

文之介は町役人にきいた。

「よくは知りませんが、そんなに長湯ではないようです」

「御牧さま」

石蔵が呼びかけてきた。

「その頃には暗くなってしまうでしょう。今でもわからないのに……」

「そうだな。よし、今日のところは引き取ってもらっていいぞ」

申しわけございません。石蔵は腰をていねいにかがめて帰っていった。

文之介はそのうしろ姿を見送った。石蔵が角を曲がり、見えなくなるまで眺めていた。

「どうかしたんですかい」

勇七にきかれ、文之介ははっと見返した。

「うん、ちょっとな」

「石蔵さんが気になるんですかい」

「まあな」

「なにが気になるんです」

「わからねえ」

半刻後、算之介と思える男は湯屋を出てきた。さっぱりした顔をしている。

「勇七、頼む」

わかりました。勇七が米屋を出てゆき、男のあとをつけはじめた。

半町ほど距離を置いて、文之介は勇七のあとに続いた。

男がゆったりと歩いているのが見える。確かにうどん屋の親父がいうように、雲を踏むような足取りだ。

一軒の長屋に入ってゆき、そのあとすぐに外に出てきた。一人だ。おもんという女は、とうに仕事に出ているのか。

男は大横川沿いを北に向かい、長崎橋《ながさきばし》をつかって向こう岸に渡った。河岸に沿った道をさらに北に歩く。十間ほどをあけてつけてゆく勇七の姿が、薄く漂いはじめた闇のなかにうっすらと見えている。

武家屋敷の塀に突き当たった道を右に折れ、男は東へ進んだ。半町ほど行って、今度は左に曲がる。勇七がやや足をはやめる。

文之介は小走りになった。

男が左に曲がっていった角を文之介も折れようとして、立ちどまった。勇七が戻ってきたからだ。

「どうした」

「あの野郎、寺に入っていきました」

「そこのか」

すぐそこに山門が見えている。その前に、人影が何人かたむろしている。

「なんだ、あいつら」

「旦那、あそこは賭場《とば》ですよ」

「あいつら、やくざ者か。あいつ、博打《ばくち》をやるのか」

「どうも客じゃないみたいです。あの男が門を入ってゆくとき、男たちがいっせいにご苦労さまです、と頭を下げましたから」

「頭を下げただと。じゃあ、えらいのか」

何者なのかな、と文之介は思った。

「きいたほうがはやいか」

文之介は路地をずんずんと進み、寺の門の前に来た。旦那、なにをする気なんです、と勇七が案ずる声をだす。

「だからきいてみるんだよ」

門の前にいる男たちが、黒羽織を着た文之介を見てぎょっとする。

「これは、旦那」

一人が愛想笑いをする。五人いる男たちのなかでは一番年上だ。

「ここは賭場らしいな。——いや、それを咎めるつもりはねえんだ。一つ教えてくれればすぐに退散する」

「なんでしょう」

ほかの男たちは無言だ。じっと文之介を見つめている。

勇七は文之介のうしろから男たちをにらみつけている。

「さっき入っていった算之介だが、あいつはここでなにをやっているんだ」

まだ算之介と決まったわけではないが、文之介ははったりをかました。

「旦那は算之介さんの知り合いで」

「いや、たいして知らん」

「どうしてそんなことをおききになるんで」

「盗っ人の探索だ」

「算之介さんが盗っ人として疑われているんですかい。旦那、それはありませんよ」

「算之介はなにをしているんだ」

文之介はもう一度きいたが、男は答えない。じっと文之介を見ている。

「もしや旦那は、御牧の旦那のご子息ですかい」

まさかこんなところで父が出てくるとは思わず、文之介は少し驚いた。

「おめえが丈右衛門のことをいっているんなら、そいつは俺の親父だ」

「そうでしたか。一目見て、お顔が似てらっしゃるんで、そうじゃねえかな、と思ったんですよ。そうですかい。お父上はお元気ですかい」

男の目にはなつかしさらしいものがほの見えている。

「元気すぎるくらいだ」

「それはようございました」

男がうれしそうに笑う。

「――算之介さんは、これですよ」

男がさいころを振る仕草をする。

壺振りか、と文之介は思った。

「ついでにきいてえんだが」

「確か、一つということでしたが」

「まあ、いいじゃねえか」

文之介が笑っていうと、男がうれしそうに笑みを返してきた。

「そのあたり、お父上にそっくりでいらっしゃいますねえ」

「そうか」

文之介は、糸井屋が盗みに入られた二つの晩の日付を口にし、そのとき算之介がこの賭場に来ていたか、ただした。

男は他の男たちと額を寄せ合った。

「ええ、来ていました」

文之介に向き直っていう。

「まちがいないか」

「ええ、まちがいございませんよ。算之介さんは腕利きでしてね、ほとんど毎晩来ていますから。その二晩も、盆をまかされていましたよ」

「賭場は何刻までやっている」

「終わるのは、明け方近くの七つ頃です。半刻ほどのびることもありますけど。その二晩も算之介さん、壺を最後まで振ってましたよ。ですから、どこぞへ盗みに行くなんて芸当、できるはず、ありゃしませんよ」

「旦那、どういうことなんですかね」

歩きながら勇七が問う。

「とにかく、算之介は糸井屋に忍びこんじゃいねえってことだな」

「でも、うどん屋の親父さんがいっていた、雲を踏むような足取りはどうなります」

「それだって生まれつき、ってえことは考えられるぞ。妙な癖のある歩き方する者なんか、いくらでもいるじゃねえか」

「確かに」

文之介は勇七を見た。

「俺には、やつはちがうんじゃねえかっていう感触があったんだ。湯屋に来るやつの顔を見たときだ。鼻歌を歌っていただろう。あれは、盗みをやって追われている者の顔なんかじゃなかった。誰かをうらんでいるような顔でもなかった」

「ではうどん屋の親父さんも、見誤ったということですか」

「いや、裏でなにかしていることについては当たっていたよ。やはり眼力はある。見まちがえたのは——」

文之介は言葉を切った。

「糸井屋の達吉のほうだろう」

文之介は又兵衛に、盗っ人は算之介ではないようです、と報告した。

「どういうことだ」

又兵衛がただす。

「算之介が下手人でなかったら、ほかに誰がいるというんだ」

文之介は自らの考えを述べた。

「そういうことか」

又兵衛は納得してくれた。

又兵衛の命で、うどん屋の張りこみは解かれ、代わりに糸井屋をあらためて調べることになった。

九

石蔵は独り身だ。歳は四十八。

店の奉公人の常で、私用で外出するときには主人の許しが必要だが、あるじの達吉が病で床に臥せっていることも関係しているのか、ときおり一人で飲みに出かけることがある。

春をひさぐ女がたむろしているその怪しげな店にいるのは、なじみの女だった。

すでに吾市がその女にじかに会って、石蔵のことを詳しくきいている。

それによると、石蔵はその女と所帯を持ちたい、といったことがあるという。女のほうも、こんな店で働いているより老舗の番頭さんと一緒になりたい、と答えたとのことだ。

石蔵は、女に夢を語ったともいう。暖簾わけをしてもらい、店を持つこと。

だが、今のままではそれはうつつになるはずもない。むしろ店が危《あや》うい。

本来ならとうに暖簾わけされていていい歳だが、達吉がなぜか許してくれなかった。

「わしは飼い殺しも同然よ」

うらみがましい言葉を吐いたこともあったようだ。

つい一月ほど前のこと、こんなことも酔っ払った石蔵が口走ったことがある。

「あんなかびくさい老舗という看板だけの店、とっとと売っちまえばいいんだ。それで、わしに五百両、くれればいい。わしは独り立ちできる」

そこまでわかってしまえば、石蔵が糸井屋から二度も金を盗んだのがどうしてなのか、理由ははっきりした。

金を盗んでしまえば、糸井屋を買い取ろうとしている蒲生屋に達吉が売り渡す、と考えたのだ。そうすれば、これまで奉公してきた自分にはかなりのわけ前があると踏んだのだろう。

となると、と文之介は思った。丈右衛門と阪井屋が一緒になって手代の沖助に財布を拾わせ、礼金をせしめさせたのは、よけいなお世話でしかなかったはずだ。

石蔵はとらえられ、奉行所に連れていかれた。吾市による取り調べにあっさり白状した。

やはり飼い殺しをうらんでの犯行だった。二度目の盗みは、達吉の世話をしている女中に手伝わせた。あの女中は何年も達吉の部屋に出入りしていることもあり、畳に音をさせることなく鍵を盗むのはたやすいものだった。

石蔵はこの女中にも、独り立ちしたら一緒になろう、といっていたという。

それら一連のことをきいて、達吉はおびただしい涙を流したという。石蔵の気持ちに気づいてやれなかったこと、長年の奉公に報いてやれなかったこと、そして、こんな結果を招いてしまったことを悔いたのだった。

「しかし、おめえは相変わらず調べが甘えよな」

同心詰所に入ろうとしたとき、文之介は吾市に足どめされた。

「なんのことです」

「石蔵の女だよ。ちょっと調べればすぐにわかったのに、それを怠《おこた》りやがって」

「申しわけございません」

文之介は抗することなく、ぺこりと頭を下げた。

「なんだ、ずいぶん素直じゃねえか」

「ええ、まあ」

吾市が文之介の肩をばしんと叩いた。

「おめえも俺を見習えば、それなりの同心になれるぜ。じゃあな」

意気揚々と吾市が外に出てゆく。

文之介は苦笑して見送るしかなかった。

「よう、文之介」

詰所に入ろうとして、うしろから声をかけられた。

「これは桑木さま」

「吾市のやつ、鼻息が荒かったな」

「それも当然です」

「手柄を取られて悔しいか」

「いえ、そのようなことは」

「石蔵に女がいるのを調べたのはおめえたちだが、吾市をいい気持ちにさせておけば、貫太郎たちのことを蒸し返すことはあるまい」

「ええ、桑木さまのおっしゃる通りだと思います」

「吾市もいっていたが、文之介、素直だな」

「誰が手柄を立てようと、解決すればいい、と思えるようになりました」

「ほう」

「いえ、嘘です。やはりそれがしが中心となって手柄を立てたいという気持ちに変わりはありません」

「文之介、その意気だ。これからもしっかりやれ」

又兵衛が肩を叩く。吾市よりはるかに力強かった。

「邪魔するよ」

翌日の昼、文之介と勇七はうどん屋に行った。

「いらっしゃいませ」

元気のいい声が顔にぶつかってきた。

貫太郎だ。できあがったばかりのうどんを客のもとに運んでいる。すぐに戻ってきて、文之介たちを座敷の端に案内する。

「こちらにどうぞ」

「おう、すまねえな」

「今、お茶をお持ちしますから」

「おう、ありがとよ」

茶を持ってきたのは女の子だった。背中に子供をおぶっている。

あれ、と文之介は女の子を見直した。

「おまえさんは……」

「その節はありがとうございました」

町なかで一度感じたやわらかな目を文之介は思いだした。そうか、あれはこの子のものだったのだ。あのあと、この女の子が男の子たちに絡まれているのを助けたのだ。

女の子が頭を下げる。

「えん、と申します。これからよろしくお願いします」

「おえんちゃんか、かわいい名だな。ああ、こちらこそよろしく頼むぜ」

貫太郎たち六人兄弟が顔をそろえている。親父は頰をにやつかせていた。

「うれしそうだな」

文之介がいうと、そりゃそうですよ、と答えた。

「いっぺんにたくさんの子供ができた気分ですよ。いや、子じゃないか、孫かな」

兄弟が力を合わせて働いているのはとてもいい光景で、文之介は心を打たれた。隣で勇七も目をしばたたかせている。

「お待ちどおさまでした」

貫太郎がうどんを持ってやってきた。ていねいに文之介たちの前に置く。

「楽しそうだな」

「うん、とても」

笑顔で貫太郎がうなずいた。ささやくようにいう。

「掏摸なんかやっているより、よっぽどいいよ」

「そうか」

貫太郎が遠くを眺める瞳をする。目がかすかに濡《ぬ》れていた。拳でこする。

「父ちゃんもこの楽しさに気がついてたら、きっと死なずにすんだのに……」

気がついたように頭を下げる。

「母ちゃんのこと、ありがとう」

「ああ、寿庵《じゅあん》先生、行ってくれたか」

寿庵というのは腕利きの町医者で、丈右衛門と親しい仲だ。文之介も子供の頃からかかっていて、気心は知れている。

「どうだ、母ちゃんの具合は」

「うん、とてもよくなった。顔色もよくなったし」

おえんが言葉を添える。

「先生、心配するほどの病じゃないっておっしゃってくれて。本復もそんなに遠いことじゃないって……」

感極まったようにおえんが涙を流す。

文之介も目頭が熱くなるのを感じた。勇七は我慢しきれなかったようで、懐から手ぬぐいを取りだした。

その後、文之介たちは町めぐりをしたが、はやめにしまいにした。

中間長屋に帰る勇七とわかれ、詰所で日誌をしたためた文之介は屋敷への道をたどりはじめた。

いい風が吹いている。四月も半ばをすぎた。じき梅雨ということになろうが、今はまだそんな気配を思わせるものはない。空は晴れ、満月が低い空に輝いている。明かりなど必要ない明るさだが、夜の府内を提灯《ちょうちん》なしで歩くのは法度だ。文之介は小田原提灯を下げて、組屋敷近くまでやってきた。

「文之介さま」

いきなり横合いから呼ばれた。どきりとして足をとめる。

ふっと暗がりから姿を見せたのはお克だった。

「おう」

いいながら文之介は目をみはった。月の蒼《あお》い光に照らされて、お克がまだやせたままなのがわかった。化粧は薄く、肌の白さときめ細かさを際立たせている。

文之介は、その美しさにごくりと息をのんだ。

お克は一人だ。

「帯吉は」

「私、家を抜け出てきたんです。文之介さまにお会いしたくて」

「えっ、そうか。……あの、お克、すまなかったな。あんなことといっちまって」

文之介はなんとか声にして謝った。

「いいんですよ。私がでぶなのは仕方がないですから」

「いや、そんなことはない。今はすっかり……」

「文之介さま」

お克がじっと見る。濡れたような瞳だ。

「あのとき私が抱きついたのは、文之介さまを押し倒そうとしたわけではないですよ」

どういうことだ。黙って文之介は見返した。

「蠅が文之介さまの湯飲みに入ったんです。それを文之介さまがお飲みになろうとするので、私、あわてて立ちあがったんです。でも慣れない着物の裾を踏みつけて……」

「なんだと……」

文之介は力が抜けた。

「そういうことだったのか」

「文之介さま、許していただけますか」

「許すも許さねえもねえよ。悪いのは俺だったというのがはっきりしたんだから」

文之介はあらためて頭を下げた。

「悪かったな、お克。あんなことといっちまって、俺のほうこそ許してくれ」

「では、これからも以前のようにおつき合いいただけますか」

「ああ、もちろんだ。なんなら、あらためて食事に行ってもいいな」

「本当ですか」

「ああ、本当だ」

うれしい、とお克が抱きついてきた。提灯が揺れ、近くの塀をゆらりと照らしだす。

「ちょっと待て、お克」

やせたといっても意外に肉づきはよく、文之介はにやついた。

「こんな人目のあるところで抱きつかれちゃあ、ちょっとまずい――」

ひくっ、という感じで言葉が喉の奥でとまる。

槍《やり》の穂先のように鋭く冷たい眼差しが、顔に突き刺さっていた。

お春だった。ふん、と顔をそむけ、提灯をあさっての方向へ向けてすたすた行きすぎてゆく。

その背中からは、鬼のような殺気が放たれていた。

なんてこった……。

お克にかたく抱かれたまま、文之介はその場に立ち尽くすしかなかった。

二〇〇五年九月　徳間文庫

光文社文庫

長編時代小説
蒼《あお》い月《つき》　父子《おやこ》十手《じって》捕物《とりもの》日記《にっき》
著　者　鈴《すず》木《き》英《えい》治《じ》

2020年10月20日　初版1刷発行

発行者　鈴木広和
印　刷　堀内印刷
製　本　榎本製本

発行所　株式会社　光文社
〒112-8011　東京都文京区音羽1-16-6
電話　(03)5395-8149　編集部
8116　書籍販売部
8125　業務部

ISBN978-4-334-79104-9　Printed in Japan

組版　萩原印刷

光文社時代小説文庫　好評既刊

弥勒の月　あさのあつこ
夜叉桜　あさのあつこ
木練柿　あさのあつこ
東雲の途　あさのあつこ
冬天の昴　あさのあつこ
地に巣くう　あさのあつこ
花を呑む　あさのあつこ
雲の果　あさのあつこ
くらがり同心裁許帳 精選版　井川香四郎
縁切り橋　井川香四郎
夫婦日和　井川香四郎
見返り峠　井川香四郎
花の御殿　井川香四郎
彩り河　井川香四郎
ぼやき地蔵　井川香四郎
裏始末御免　井川香四郎
ふろしき同心御用帳　井川香四郎

銀杏散る　井川香四郎
口は災いの友　井川香四郎
花供養　井川香四郎
三分の理　井川香四郎
呑舟の魚　井川香四郎
高楼の夢　井川香四郎
かげろうの恋　井川香四郎
城を噛ませた男　伊東潤
巨鯨の海　伊東潤
鯨分限　伊東潤
剣客船頭　稲葉稔
天神橋心中　稲葉稔
思川契り　稲葉稔
妻恋河岸　稲葉稔
深川思恋　稲葉稔
洲崎雪舞　稲葉稔
決闘柳橋　稲葉稔

光文社文庫最新刊